Illustration 宵マチ

「猫？　師団長が？
魔王の間違いだろう」
むぅ

ビアンカの甲高い声を聞いているだけで
鳥肌が立ってきたのだけれど、
それは師団長も同じだったようで、
必死で腕を擦っていた。
にゃんにゃん」

「いやーん、ジョシュア様、かわいいーー！
分かるー、猫分かるー。
かわいーーい猫ちゃんごっ、

悪役令嬢は溺愛ルートに入りました!?
6
Presented by Touya
十夜
Illust. 宵マチ

サフィア・ダイアンサス

一見、軽薄で享楽的なルチアーナの兄。妹に極甘♥

ルチアーナ・ダイアンサス

このゲーム世界の悪役令嬢。恋愛攻略対象者を全員回避するはずが…!?

エルネスト・リリウム・ハイランダー

ハイランダー魔術王国の王太子。記憶を取り戻す前のルチアーナが熱を上げていた相手。

ラカーシュ・フリティラリア

筆頭公爵家の嫡子。その美貌から「歩く彫像」と呼ばれている。はじめはルチアーナを蔑視していたが、今では夢中♡

ジョシュア・ウィステリア

ウィステリア公爵家の嫡子にして、王国陸上魔術師団長。サフィアとは旧知の仲。

セリア・フリティラリア

ラカーシュの妹。命を救われて以来ルチアーナが大好きに。兄とルチアーナの仲を取り持つため頑張る一面も。

STORY&CHARACTERS

王国の守護聖獣に兄の腕を治してもらうため、エルネスト王太子とラカーシュとともに白百合領を訪れるルチアーナ。

しかし、王家と聖獣の契約が切れたことが原因で、聖獣の恵みを受ける村に風土病が広がりつつあった。

聖獣の真名を取り戻し再び契約を結ぶため、ルチアーナはエルネストに協力を頼まれるが——

「君はいつだって一生懸命で、献身的で、魅力的だな。

ラカーシュがこれほど君に夢中でなければ、私も名乗りを上げているところだ」

ルチアーナを嫌っていたはずのエルネストに変化が表れる。

そんな折、王都にいるはずのラカーシュの妹セリアが、聖獣に命の危機が迫っていることを知らせにルチアーナを訪れて……。

ハイランダー魔術王国
周辺地図

HIGHLANDER

［王都拡大地図］

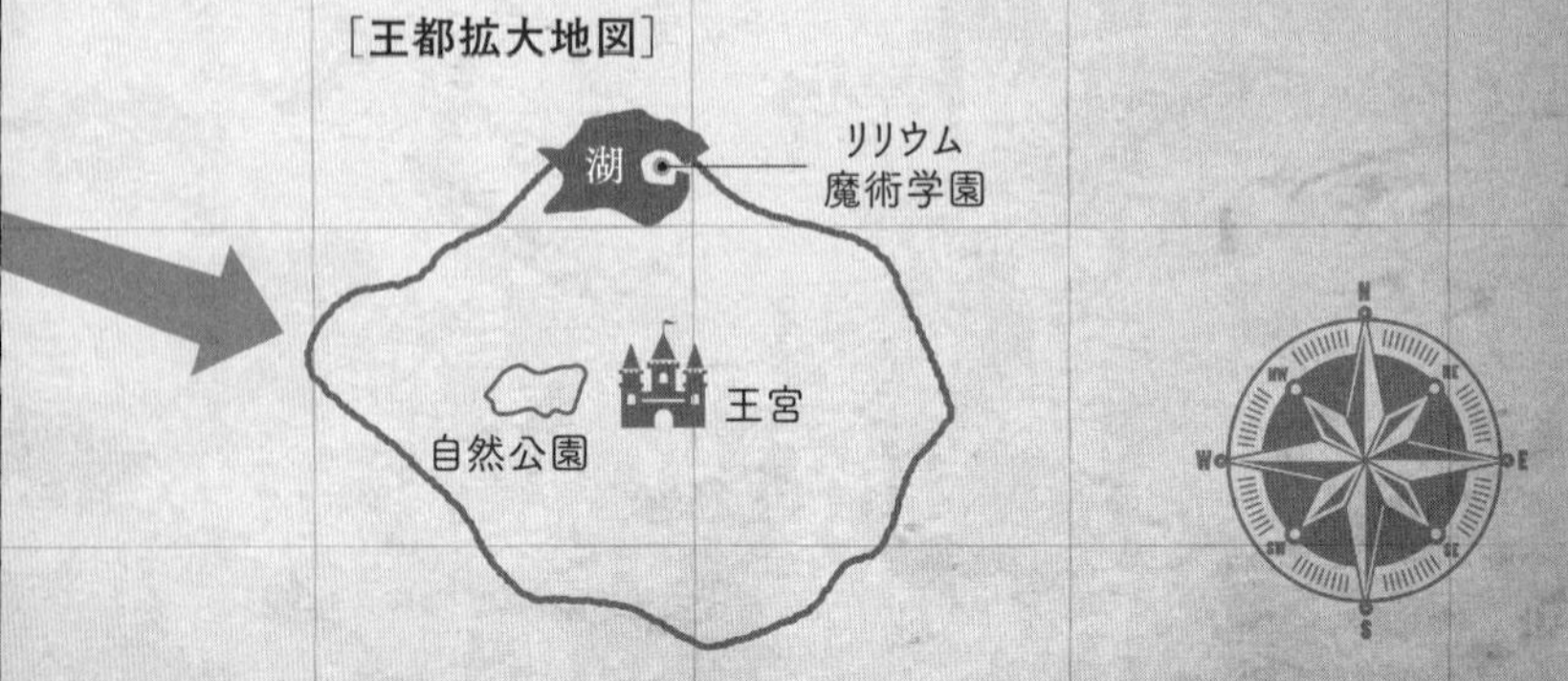

ハルディ王国
最果ての
森
ビオラ辺境
伯領
ドガの町
フリティラリア
公爵領
ハイランダー
魔術王国
王都
魔の★地帯《バルシュミースター》
聖山
ウィステリア
公爵領
リリウム
侯爵領
ルナル村

CONTENTS

36 聖獣「不死鳥」2

転移陣の上に立った時、確かに私はリリウム城にいたのだけれど――次の瞬間には、聖山の頂上付近に立っていた。

一変した景色に驚きを感じたものの、吹きさらす風に肌寒さを覚え、一瞬にして高い山の上に転移したことを理解する。

ぐるりと周りを見回したところ、辺り一面には植物が一切生えておらず、グレーの山肌が広がっていた。

山の麓辺りには緑があったけれど、どうやら頂上付近は環境が異なるようだ。

「まずは不死鳥に顔を見せ、私たちが来たことを知ってもらおう」

そう提案する王太子に従って、火口に向かって歩いていく。

しばらくすると、円形の深いくぼみがある山の頂上に出た。

そのくぼみからは、白い煙がもくもくと立ち上っている。

近付いていく間に、破裂音とともに黒煙が発生し、視界が黒一色に塗りつぶされた。

驚いて立ち止まると、見渡す限りの黒い景色の中から、赤々としたマグマが噴き出す様子がうっすらと見える。

目を凝らしてよく見ると、ぐつぐつと赤く燃え滾《たぎ》る高温のマグマが、火口内に溜《た》まって渦巻いていた。

「通常であればマグマは地下に溜まり、噴火の時にしか目にできないものだが、聖山は不思議な力が働いているのか、火口内にマグマが溜まっているのだ」

ラカーシュの説明を聞いて、なるほどと頷《うなず》く。

「それはまた神秘的ですね」

確かに、こんな風にマグマがゴポゴポと湧き上がっている景色は初めて目にした。

聖獣の色である金と赤が入り混じったマグマを間近に目にし、圧倒的な自然の力に畏敬の念を抱いていると、隣に立った王太子が呆然《ぼうぜん》とした声を出す。

「……マグマが減っている」

「え？」

「1か月前に来た時と比べると、火口に溜まったマグマの高さが5メートルほど低くなっている。そんな……聖獣はこれほどの炎を喰《く》らっているのか？」

驚愕《きょうがく》で目を見開く王太子が心配になり、大丈夫かしらと手を伸ばしかけたけれど、その時、視界の先で赤い塊が移動するのが見えた。

はっとして視線をやると、聖獣が火口内を羽ばたいているところだった。

聖獣は大きく口を開け、一心不乱に灼熱《しゃくねつ》のマグマを食している。

吹き上がってくる炎を物ともせず、次々に炎を喰らう不死鳥は、他の生物とは一線を画す存在に見え、確かに『聖獣』なのだと信じられた。

しばらくすると、聖獣は満足したのか火口内から高く飛び上がり、ゆったりと旋回した後で私たちの近くに舞い降りる。

ほんの数メートル先に凜《りん》として立つ聖獣は大きくて美しく、その静かな佇《たたず》まいの中に王者の風格を漂わせていた。

そんな聖獣を王太子は真っすぐ見つめると、地面に片膝をつき、凜とした声を出す。

「久しぶりだな、不死鳥。未来を読める者が、あなたが魔物に襲われる光景を視《み》たと教えてくれた。この山に魔物は1匹たりともいないことは承知しているが、あなたの護衛だと思って、私たちがしばらくこの山に滞在することを許してほしい」

聖獣は王太子の真意を確かめるかのようにしばらく見つめ返していたけれど、了承したのかその場にぺたりと身を伏せた。

先日聞いた話では、聖獣は人の言葉を話せるとのことだったけれど、どうやらそんな気分ではないようだ。

見ていると、聖獣は首を後ろに向け、羽毛の中に顔をうずめている。

その姿は、前世の動物園で見た孔雀《くじゃく》や白鳥の眠り方にそっくりだったため、聖獣はこの場所で眠るつもりなのだと理解する。

「聖獣はこの場所で眠るみたいですね。多分、私たちがこの山に滞在するのを許してくれたのじゃないでしょうか」

眠ろうとしている聖獣を邪魔したくなくて小声でささやくと、王太子は立ち上がり、膝に付いた土を払った。

「そうだな、私たちもここで夜を明かすとするか」

王太子の言葉を合図に、彼とラカーシュは荷物の中から敷物とすっぽりと被る毛布のようなものを取り出す。

それから、私に敷物の上に座るよう促すと、顔だけが出るような形で毛布を巻き付けてくれた。

お礼を言うと、ラカーシュは軽く頷き、この場を離れることを断ってくる。

「セリアが視たのは『先見』だ。分かるのは『今より未来の出来事』というだけで、それが1日後なのか、1か月後なのかは分からない。今日である可能性もゼロではないため、少し辺りを確認してくる」

さすが有能なるラカーシュだ。

聖山に到着したばかりなのに、もう状況確認に向かおうとしている。

「エルネスト、ルチアーナ嬢を頼む」

ラカーシュはそう言い置くと、足早に去っていった。

残された王太子は手際よく魔術で火をおこすと、私にくつろぐよう声を掛けてくれる。

ほっと一息ついて、ゆっくりと周りを見回していたところ、山肌を見せるだけで何もないと思っていた一角に、人工的な巨石が刺さっていることに気付いた。

距離があるので詳細は分からないけれど、磨き抜かれたかのように表面がつるつるとした巨大な四角柱が、何かの目印のように地面から突き出ている。

「エルネスト殿下、向こうに見える巨石は何ですか？」

「ああ、『世界樹《ユグドラシル》の羅針石』だ。この地は聖獣の棲《す》まわれる聖なる地だからな。畏れ多くも、紫の羅針石が備え付けてあるのだ」

「えっ、あっ、ええ、紫の……」

そう言われて目を凝らしてみると、確かに巨石は深い紫色をしていた。

……どうしよう。ルチアーナがこれまでちっとも勉強をしてこなかったからなのか、王太子が口にした『世界樹《ユグドラシル》の羅針石』という単語が何のことだか分からない。

けれど、王太子は当然のこととして口にしたから、これは誰もが知っている世間の常識なのだろうか。

うーん、と頭の中を探ってみたけれど、知らない単語は出てこない。

そして、出てこないものはどうしようもないのだ。

「ええと、王太子殿下、『世界樹《ユグドラシル》の羅針石』とは何でしょうか？」

柔らかな笑みを浮かべ、できるだけさり気ない様子で尋ねてみたというのに、王太子はぽかんと口を開けた。

あら、間抜けなはずの表情をさらしてもイケメンだなんて、王太子はさすがね。

そう思ったけれど、口に出したらさらに呆《あき》れられることは間違いないため、笑みを浮かべたまま無言を保つ。

すると、王太子は戸惑った様子で私を見つめてきた。

「ルチアーナ嬢は侯爵令嬢だというのに……あれが何かを知らないのか？　高位貴族の嗜《たしな》みとして、幼い頃に一番初めに学ぶ事柄だと思うが」

「ほほほ、学んだ時期が幼過ぎて、忘れてしまったようです」

そんなはずがあるものか、と王太子の顔には書いてあったけれど、彼は咳払《せきばら》いをすると丁寧に説明してくれた。

「世界中に散らばっている、世界の真理に到達するための『予言の言葉』のことだ。石の色によって内容の重要度が異なると考えられており、最上位が紫色となっている」

「えっ、そうなんですね！」

「ああ、紫色の羅針石は、『世界樹《ユグドラシル》』について書かれているのだから」

「…………」

話の内容が危ない方向に進んでいるように思ったため、私は思わず口を噤《つぐ》む。

するど、王太子はふっと皮肉気な笑みを浮かべた。

「……と言い伝えられているが、真偽のほどは分からない。なぜなら『世界樹《ユグドラシル》の羅針石』は誰一人読むことができないからね。書かれているのは文字だろう、ということすら推測にすぎない」

「えぇっ！　そ、そうなんですね!!」

確かに前世においても、インダス文字やビブロス文字など、未《いま》だに解読できていない古代文字はたくさんあった。

きっと既知の言語とはルールが異なり過ぎていて、誰も読み解くことができないのだろう。

「ここだけの話だが、今私が説明した内容は『開闢記《かいびゃくき》』にも記してある。本来ならば、あの本の内容は外に出すべきでないのだが、この件に関しては1人でも多くの者に『世界樹《ユグドラシル》の羅針石』の解読に挑戦してほしいため、『昔からの言い伝え』という形にして、積極的に外部にも広めているのだ」

「そうなんですね」

王太子の言葉を聞いて、高位貴族の嗜みとして、一番初めに学ぶべきことだと説明されたことを納得する。

というのも、高位貴族であればあるほど、多くの学習の機会に恵まれるからだ。

加えて、血統として優れた魔術を引き継いでいるので、『世界樹《ユグドラシル》の羅針石』を読み解く可能性は、それ以外の者よりも高いはずだ。

だからこそ、高位貴族の子弟は、幼い頃から嗜みとして羅針石について教えられているのだろう。

そう納得した私の前で、王太子は遠くに見える紫色の羅針石を指し示した。

「『開闢記』には他に、『世界樹《ユグドラシル》の羅針石に書かれている記述の内容は、その石が置かれている地に関するものが多い』とあった。そのため、あの紫の羅針石には聖獣のことが書いてあるのではないかと考えられている」

◇　◇　◇

「聖獣に関すること……」

だとしたら、今私たちが求めている、聖獣との契約に関する何かが記載してあるかもしれない。

そう思ってごくりと唾を飲み込んだけれど、エルネスト王太子は皮肉気な笑みを浮かべると肩を竦《すく》めた。

「いずれにしても、全ては推測に過ぎない。誰一人、あの石の文字を読めないのだから、どうしようもないことだ」

「確かにそうですね。いつか賢い人が現れて、文字を読んでくれるといいですね」

慰めるようにそう言うと、期待していないとばかりにもう一度肩を竦められた。

「そのようなことができる者が現れたら、平民でもすぐに叙爵されるだろう。あるいは、既に貴族だとしたら陞爵《しょうしゃく》されるのは間違いない」

「えっ、そんなにすごいことなんですか！」

　ダイアンサス家は既に侯爵家だから、たとえば兄か私が羅針石を解読できたら、公爵家になるというのだろうか。

　兄が公爵……似合わない。

　いかにも公爵然としたラカーシュとジョシュア師団長に挟まれて、にやりと笑っている兄の姿が浮かんだけれど、あんな軽い調子の公爵なんているはずがない。

　まあ、どっちみち、学園の劣等生である私にそんな難しい文字の解読ができるはずはないし、兄は公爵になることに興味はないだろうから、関係ない話だけれど。

　そう考えながら、聖獣に視線をやる。

　すると、聖獣は数メートル先でぐっすりと眠っていた。

「これほど近くで眠るのですから、聖獣は殿下に心を許しているのでしょうね。ところで、殿下は儀式で聖獣の名前を聞き取れなかったとのことですが、よろしければもう少し詳しく、どんな様子だったのか教えてもらえますか？」

　聖獣を間近に見たことで、守護すべき対象であることをより強く感じたため、色々と知っておくことで助けになるかもしれないと考えて質問する。

すると、王太子は嫌な顔をすることなく頷いた。

「ああ、話は100年前に遡るが、当時のリリウム家が王位に就くことができたのは、聖獣と契約をしていたからだ。そのため、我が一族にとって、聖獣との契約は何よりも重要視される。そして、代々、王位に就く者は必ず聖獣と契約を交わしてきた」

「そうなんですね」

納得できる話だわと考えながら頷いていると、王太子は説明を続ける。

「リリウム家において、王としての即位は前王の死を契機として行われるわけではない。王が王太子に対して『継承の儀』を行い、聖獣の真名を引き継いだことが確認されると、速やかに代替わりをするのだ。が……」

王太子は一旦言葉を切ると、ごくりと唾を飲み込んだ。

その様子を見て、この話をすることは王太子にとって辛《つら》いことかもしれないことに気が付く。

なぜなら王太子が次代の王として選ばれなかった、という話なのだから。

「その『継承の儀』で、父と私は聖獣の真名を引き継ぐことができなかった。その他の部分においては、前王であった祖父の言葉をきちんと聞き取れたのに、なぜか聖獣の真名の部分だけは意味のない音の羅列に聞こえたのだ」

そう結んだ王太子の顔は、はっきりと強張《こわば》っていた。

そんな表情を私に見られたくないだろうな、と考えた私はできるだけ王太子を見ないように視線をそらす。

それから、思い付いたことをぽつりと口にした。

「……もしかしたら『真名』が新しくなる時期なのかもしれないですね」

私の言葉を聞いた王太子は、訝《いぶか》し気に尋ねてきた。

「どういう意味だ？」

「聖獣と契約して約１００年と言われていましたから、もしかしたらちょうど１００年目にきていて、それが一つの区切りだったのかもしれません。殿下はたまたま、一つの契約が終了する時期に居合わせたのじゃないですかね」

前世の生活に影響を受けた考え方かもしれないけれど、カードにしろ、賃貸契約にしろ、何だって契約期間が存在したのだ。

聖獣との契約も同じように、永遠に結ぶはずのものではないだろうから、明示されていなかっただけで、最大契約期間が定められていたのじゃないだろうか。

そのため、最大契約期間が到来した今、これ以上の契約更新ができなくなったのじゃないだろうか。

「君は……聖獣の真名を引き継げなかったのは私の問題でなく、ただのタイミングだと言うのか？」

驚いた様子で尋ねてくる王太子に顔を向けると、私ははっきりと頷いた。

「ええ。だって、殿下に次期国王として問題があるようには見えませんから」

王太子は一瞬、高揚した様子で頬を紅潮させたけれど、すぐに視線を落とすと、掠《かす》れた声を出した。

◇　◇　◇

「……そうだろうか。君には知られているが、私が紳士的なのは表面だけだ。誰に対しても等しく微笑《ほほえ》みながら、心の裡《うち》では相手に対して不満を覚えていたり、不愉快に感じたりしていることが多々ある。それなのに、私は自分がよく見えるようにと、いつだって笑顔の仮面を被っているのだ」

「それは悪いことですか？」

心の中でどう感じていようとも、不快さを表さないのは、王族や貴族として当然の嗜みだ。

そして……前世の日本人的な行動だと思う。

私だって前世の会社員時代に、嫌な上司や同僚はいたのだ。

だけど、嫌がっていることを悟られないように、にこにこと笑みを張り付けながら話を聞いたり、一緒に行動したりしていた。

そうしたら、嫌だと思ったのは第一印象だけで、実際にはいい人だった場合が何度かあったのだ。

「殿下は内心では嫌だと思っていても、顔に出さずに対応しますよね。相手の話に耳を傾けるし、親身になって返答されます。そうやって付き合って、相手を知ることで、いつか『嫌な奴《やつ》だと思っていたけれど、いい奴じゃないか』と殿下の心情が変化するかもしれないし、相手からも『殿下は素晴らしい人だな』と思われるかもしれませんん」

「それはそうかもしれないが……」

多分、私が話したような体験を、王太子は幾度か経験したことがあるのだろう。

そのため、王太子の言葉が歯切れの悪いものになる。

私は決して押し付けがましくならないようにと、平坦な口調で言葉を続けた。

「もしも殿下が初めから、『嫌いだから相手にしない』という本心を外に出していたら、仲良くなれる機会は与えられないんです。ほら、大嫌いな私のことですら、きちんと会話を交わしてくれたから」

「先日も言ったが、私は君を嫌ってはいない」

しかし、最後まで言い終わらないうちに、王太子が言葉を差し挟んでくる。

確かに、以前、王太子はそんな話をしてくれたけど。

「うーん、でも、少なくとも収穫祭の前辺りまでは、私のことが大嫌いでしたよね。もちろん、私の態度が悪かったので、自業自得なのですが。でも、殿下がその態度の悪い私にも礼儀正しく付き合ってくれたから、殿下は私を知って、評価を変えたのじゃないんですか？」

「それは……君の言う通りかもしれないな」

王太子は言いづらそうに肯定した。

過去の話だとしても、本人を目の前にして、嫌いだったと認めることを申し訳なく思っているようだ。

一方では、そう感じながらも、正直に返事をしたい様子が見て取れたため、誠実な人柄だなと改めて思う。

こんなに真っすぐな王族なんて、滅多にいないのじゃないのかしら。

「殿下は内側と外側の感情が一致しないことは卑怯《ひきょう》だと思っていて、相手が嫌いなのに友好的な振りをしていることを心苦しく感じているようですけど、この性質は短所ではありません。長所です。おかげで私は今、殿下と一緒にいることができているんですから」

「…………」

私の言葉を聞いた王太子は、驚いた様子で目を見張った。

それから、何かを言おうと口を開きかけたけれど、結局は閉じるという行為を何度か繰り返す。

しんとした静寂が続いた後、彼は下を向くと、くしゃりと自分の髪をかき回した。

「ルチアーナ嬢は……すごいな。私はずっと聖獣と契約できない自分を恥じていて、リリウムを名乗ることが苦痛だった。そして、その原因はにこやかに対応しながらも、心の裡で色々と考えている心根の悪さだと考えていた。なのに、その全てを肯定するのか」

とてもすごいことをしたかのように言われたけれど、私は当たり前のことを言っただけだ。

「当然の話ですよ。全ての者を好きになれるはずもないのですから、嫌いな者がいることは当然のことです」

たとえば以前のルチアーナは、自分勝手で相手の都合などお構いなしだったため、好きなだけ王太子の時間に侵食し、ぐいぐいと迫っていたのだから、その最たるものだろう。

「王太子殿下は国でも1、2を争うほど忙しい方ですから、普通に考えたら、気に入らない者や役に立たない者は、全てばさばさと切り捨てていくしかないんです。いちいち対応する時間はないのですから。それなのに、にこやかに対応する殿下は本当に素晴らしいと思いますよ」

「……そうか」

王太子が地面を見つめたまま、ぽつりとつぶやいたので、勢い込んで同意する。

「ええ、そうですよ！」

すると、王太子は俯《うつむ》いていた顔を上げ、困ったように眉を下げた。

「今さらだが、ラカーシュの気持ちが分かるな」

「えっ、ラカーシュ様の？」

なぜ突然ラカーシュの話が出てきたのかしら、と不思議に思いながら首を傾《かし》げていると、王太子は「何でもない」と首を横に振った。

「私の従兄《いとこ》がやっと見つけた心動く相手に、私が割り込むわけにはいかないからな」

そう独り言のようにつぶやくと、王太子は切なそうな微笑を浮かべた。

「ルチアーナ嬢、君とは友人になったのだったな。友人は悲しい時も、楽しい時も、いつだってずっと一緒にいるものだ。だから、いつまでも私の側《そば》にいてくれ」

王太子の力ない様子を見て、もしかして彼は滅多にないほど弱っているかもしれないと思う。

そのため、私は「もちろんです」と大きく頷いた。

それから、2人で焚火《たきび》を見つめながら黙って過ごしたのだけど、その沈黙は心地悪いものでは決してなく、私の心をふわりと温かくさせるものだった。

そして、炎を見つめる王太子の表情も柔らかなものだったため、彼の心情も私と同じように穏やかならばいいなと思ったのだった。

◇　◇　◇

それからしばらくして、ラカーシュが戻ってきた。

「辺りを見て回った限り、危険はないだろう」

そう報告してくれたラカーシュに、用意していた温かい飲み物を差し出すと、彼ははにかんだように微笑んだ。

それから、私の隣に腰を下ろす。

「ありがとう、ルチアーナ嬢」

ラカーシュがカップの中味を飲み干したところで、王太子が口を開いた。

「今夜のことだが、私は対応を間違った」

どういうことかしら、とラカーシュとともに王太子を見つめると、彼は悔いるような表情を浮かべていた。

「ルチアーナ嬢が聖山への同行を希望してくれたため、一緒に付いてきてもらったが……時間が経過して冷静になった今、このような危険な場所に貴族のご令嬢を同行させるべきではなかったことに気が付いた」

王太子は私を見つめると、後悔した様子で続ける。

「私はサフィア殿に君の無事を約束した。私はその約束を守らなければならない。だから、君は予定通り、明日になったら白百合領を発《た》ってくれないか。心残りではあるだろうが、後のことは私とラカーシュに任せてほしい」

何と答えたものかしらと戸惑っていると、ラカーシュが難しい表情で口を開いた。

「エルネスト、お前の考えはもっともだ。それを承知のうえで敢《あ》えて言う。私は沈黙を誓ったので詳しくは話せないが……ルチアーナ嬢は、私やお前ができない方法で、物事を上手《うま》く解決することができる。そのため、今回のように、お前の人生を左右するほどの重要な問題が差し迫っている場合は、彼女の力を借りるべきだ」

「どういうことだ？」

理解できないとばかりに眉根を寄せる王太子に対し、ラカーシュは真顔で答える。

「セリアの『先見』は誰も覆せない。運命を変えることは誰にもできないからだ。にもかかわらず、ルチアーナ嬢だけはそれを変えることができるのだ」

「まさかそんな」

半信半疑な様子でそう口にする王太子に対して、ラカーシュは真顔のまま続けた。

「もちろんルチアーナ嬢は守るべきご令嬢でもあるので、私もお前も、そして明日には到着するだろう騎士や魔術師たちにも、率先して彼女を守護するよう言い含めるべきではある」

王太子はしばらくラカーシュを見つめていたけれど、彼がこれ以上説明する気がないことを見て取ると、諦めた様子でため息をついた。

「セリアが『先見』の能力者であったことに続いて、今日は驚かされることばかりだな。ルチアーナ嬢が『運命を変える者』だと、お前は言っているのか？」

「ああ」

端的に答えるラカーシュを横目で見ると、王太子は皮肉気な笑みを浮かべた。

「そうだとしたら、彼女はとんでもない存在だな。……まるで『世界樹《ユグドラシル》の魔法使い』じゃないか」

「…………」

「…………」

無言になった私たちを何と思ったのか、王太子は再び炎を見つめた。

「新しいことを考えるには夜も遅い。ルチアーナ嬢、ここは私とラカーシュが見張っているから、君は眠るといい」

そう提案されたため、私は座ったまま膝を抱えると目を閉じる。

ぱちぱちと火が燃える音を聞いていると、心が落ち着いてくるのを感じた。

私は目を瞑《つむ》ったまま、先ほど目の前で交わされた王太子とラカーシュの会話を思い返す。

ラカーシュは当然のように、私は運命を変えることができると口にしたけれど、問題は私自身にその自信がないことだ。

なぜなら私には、未だに正しい魔法の発動方法が分かっていないのだから。

それに……今回は、サフィアお兄様がいない。

これまで魔法を発動した時はいつだって、兄が私の側にいた。

そして、私を力付けてくれたのだ。

学園にいる間、兄とはほとんど会うことがないため、兄の不在には慣れているはずなのに、白百合領では勝手が違うようだ。

どういうわけかこの地に来て以来、兄の不在を何度も寂しく感じたのだから。

「……困った時に、お兄様に頼る癖がついてしまったのかもしれないわ」

全くよくない傾向だ。

悪役令嬢に生まれ変わったと気付いた時は、1人で全てを乗り切らなければいけないと決意していたのに、いつの間にこれほど兄を頼るようになっていたのだろう。

兄が甘やかしてくれるから、私は弱くなったのかもしれない。

ただ兄がいないというだけで、寂しく感じるほどに。

けれど、その兄は私を庇《かば》って片腕をなくしてしまったから……何としても、私が取り戻さなければいけないわ。

そう考えているうちに、私はいつの間にか眠ってしまったようだ。


——なぜなら目の前に兄が現れたのだけど、その兄には両腕が揃《そろ》っていたのだから。

どうやら兄のことを考えながら眠りに落ちたので、兄のことを夢に見たようだ。

その兄は呆れたように微笑むと、私の頭を優しく撫《な》でた。

『ルチアーナ、お前はいつまでたっても子どものようだな。私はいつまでお前の面倒を見なければいけないのか』

どうやら兄は、私をからかいたい気分のようだ。

『もちろん、もう既に面倒を見る必要はありませんわ。私は成人していますから』

兄の挑発に乗ることなく、妙齢の女性として冷静に返すと、兄は寂しそうに微笑んだ。

『そうか。だとしたら、お前はあとどのくらい、私の妹でいてくれるのだろうな』

『えっ？』

私が結婚して出ていくまでの期間を聞いているのだろうか？

小首を傾げながら、そのことを確認しようとする。

『ええと、お兄様が言っているのは……』

けれど、その時、兄が私の言葉を遮るように何かを言ってきた。

そのため、私は開いていた口を閉じて、兄の言葉に集中したけれど、発せられた言葉に衝撃を受けて再び口を開く。

そして、大きな声で叫んでしまったのだけれど、そんな自分の声で目が覚めた。


「それはあああ!!」

恐らく、大声を上げた瞬間は夢の内容を覚えていたはずだ。

けれど、目覚めた時の常で、意識がはっきりしてくるにつれ、それまで見ていた夢はどこかへ行ってしまい……私は夢の内容をすっかり忘れてしまったのだった。

「ルチアーナ嬢、どうかしたのか!?」

「大声を上げて、怖い夢でも見たのか？　その割には、顔が赤いようだが」

突然大きな声を上げた私を心配して、ラカーシュと王太子が声を掛けてくれる。

それらの言葉を聞いた私は、思わず両手を頬に当ててみたけれど、……確かにそこは熱を持っていた。

そのため、私は頬が赤らむようなどんな夢を見たのかしら、と首を傾げたのだった。

◇　◇　◇

「少し周りを散歩してきますね」

完全に目が覚めてしまったため、2人にお断りを入れて立ち上がると、同じようにラカーシュが立ち上がった。

「ルチアーナ嬢、よければご一緒しよう」

どうやら紳士のラカーシュは、一緒に付いてきてくれるようだ。

ありがたく思いながら並んで歩いていると、夜の静寂の中、さくさくと地面を踏みしめる2人分の足音が響いた。

時季は11月下旬のため、高い山の頂上にあたるこの場所にいるだけで、非常に寒く感じる。

思わずぶるりと震えると、そのことに気付いたラカーシュが羽織っていた上着を脱いで、肩から掛けてくれた。

「いえ、私は大丈夫ですから。ラカーシュ様が風邪を引きますよ」

慌てて脱ごうとすると、手の上に手を重ねられて止められる。

「君が寒い思いをするよりはずっといい」

「えっ？」

思わず見上げると、ラカーシュは困ったような表情を浮かべていた。

「ルチアーナ嬢、私はただ上着を貸しただけだ。断らないでくれ」

「えっ、あっ、はい……」

ラカーシュの言う通りだわ。

彼は純粋な好意で親切にしてくれたのに、受けた私に拒絶されたら、もう一度同じような状況になった場合に、再び親切な行動を取りづらいわよね。

そう考えて、上着ごとぎゅっと体を抱きしめると、ラカーシュの体温が残っていたのか、とても暖かく感じた。

私は顔を上げると、感謝の気持ちを込めて彼に微笑む。

「ラカーシュ様、ありがとうございます！　ラカーシュ様の体温が残っていたようで、すごく暖かいです」

「……っ！　そうか」

ラカーシュは顔を赤らめると、ぷいっと顔を背けた。

親切にしておきながら、お礼を言われただけで照れるのだから、きっとラカーシュは相手から感謝されようとはこれっぽっちも考えていなかったのだろう。

本当に高潔だわと思いながら、彼が顔を向けた方向を何とはなしに見やる。

すると、暗闇に浮かぶ大きな月が目に入った。

灯《あか》りがない場所では、月の明るさがことさら貴重で美しいものに思われる。

「月が綺麗《きれい》ですね」

思わずそう口にすると、ラカーシュも月を見つめたまま私に同意した。

「ああ、そうだな」

そうして、2人して月を見上げたまま立ち尽くしていたところ、不意にラカーシュが訝し気な声を上げた。

「あれは何だ？」

ラカーシュの視線を辿《たど》ると、月にかかるようにして小さな黒い影が二つ見える。

何かしらと目を眇《すが》めていると、隣でラカーシュがはっとしたように息を呑《の》んだ。

「あれは飛竜《ワイバーン》だ！」

「えっ!?」

驚いてもう一度黒点を見つめようとしたけれど、ラカーシュに手を取られる。

「ルチアーナ嬢、エルネストのところに戻るぞ！」

それから、彼に手を引かれるまま、元来た道を走って戻ったけれど、常にない様子の私たちを目にした王太子が、視界の先で立ち上がるのが見えた。

「何があった!？」

叫ぶ王太子に向かって、ラカーシュも叫び返す。

「飛竜《ワイバーン》だ！　セリアの先見通り、2頭で向かってきている!!　あの魔物の飛行速度を考えると、もう間もなくここに来るぞ」

幸いだったのは、今夜が明るい月夜だったことだろう。

おかげで、遠くからぐんぐん近付いてくる黒い影を認識することができたのだから。

王太子は聖獣のもとに走り寄ると、その体に手をかけて目覚めを促した。

「不死鳥、起きてくれ！　飛竜《ワイバーン》だ！　あなたを襲いに来るぞ!!」

一方、ラカーシュは私を後方に下がらせようとする。

「ルチアーナ嬢は後ろに下がっていてくれ！　君をこの場所に連れてはきたが、戦闘に参加させるつもりは一切ない。私とエルネストで対応するから、君は安全な場所に退避しているんだ」

ラカーシュから両肩を摑《つか》まれ、真剣な表情で顔を覗《のぞ》き込まれた私は、こくこくと頷いた。

「わ、分かりました！　退避しています」

私の火魔術は非常におそまつなものなので、足手まといにしかならないことは分かっている。

そのため、逆らうことなくラカーシュの言葉に同意すると、彼は安心した様子を見せた。

それから、踵《きびす》を返して元来た道を戻っていく。

私から一定の距離を取ったところで、ラカーシュは身に着けていた手袋を外すと地面に投げ捨て、両腕を肩の高さまで上げた。

「魔術陣顕現!」

その言葉とともに、半径2メートルほどの黒い魔術陣が、ラカーシュを中心とした彼の足元に浮かび上がる。

それは夜の闇の中でも、輝きを放ちながらはっきりと存在を主張していて、膨大なエネルギーがその陣に集まっていることを示していた。

同様に、いつの間にかラカーシュの隣に位置取っていたエルネスト王太子が、手袋を地面に打ち捨てると両手を上げる。

「魔術陣顕現!」

王太子の声に呼応して、彼を中心に半径2メートルほどの白い魔術陣が、足元に浮かび上がった。

王太子の魔術陣を初めて目にしたけれど、それはラカーシュの魔術陣と同じくらい複雑なものだった。

というよりも、ラカーシュの魔術陣も、前回目にしたものよりも複雑になっているように見える。

「えっ、ラカーシュ様は毎日ずっと忙しかったはずなのに、いつの間に魔術の訓練をしていたのかしら? そして、魔術陣を更新している!?」

おかしい。彼と私では、1日の持ち時間が異なるのかもしれない。

そう疑わしく思っていると、視界の端で不死鳥が動いたのが見えた。

そのため、ラカーシュと王太子から視線を外すと、目覚めたばかりの様子の不死鳥に目をやる。

不死鳥は体をふるふると振った後、月に向かって首を伸ばし、今や握りこぶしほどの大きさになった黒い影をじっと見つめた。

——この山には元々、多くの魔物が棲み付いていたとの話だった。

それを聖獣が蹴散らして追い払ったため、現在では魔物が一切棲まない聖なる山になったのだと。

つまり、聖獣はものすごく強いはずだ。

一方、こちらに向かってきている飛竜《ワイバーン》は上位の魔物だから、いくらエルネスト王太子とラカーシュが強いと言っても、普通に考えたら、2人で対応できるような相手ではないはずだ。

けれど、聖獣も一緒であれば、倒すことができるかもしれない。

私は希望を込めて、そう推測する。

と、その時、月を背景に、間近まで迫っている飛竜《ワイバーン》が目に入った。

思わず息を詰める私を気にすることなく、飛竜《ワイバーン》は聖獣を目掛けて、真っすぐ降下してきた。

◇　◇　◇

飛竜《ワイバーン》たちは聖獣しか目に入っていないように見えた。

そのため、魔術陣を展開させているエルネスト王太子とラカーシュを気に掛けることなく、一直線に聖獣へ向かってくる。

しかし、そんな2頭の魔物を迎え撃つ2人は至極冷静だった。

自分たちより何倍も大きく、強いであろう魔物を相手にしているのに、攻撃力を増すために、ぎりぎりまで引きつけようとしているのだから。

これが私だったら、恐怖のあまり、魔物が射程距離に入るか入らないかの時点で、魔術を放っていただろう。

暗闇の中に姿を現した飛竜《ワイバーン》は、それくらい禍々《まがまが》しい姿をしていたのだ。

にもかかわらず、王太子とラカーシュは、魔物がほんの10メートルほどの距離に来るまで微動だにしなかった。

ちょっと肝が据わり過ぎだろう。

そして、飛竜《ワイバーン》の大きく開けた口の中までが見える距離まで近付いた時、2人はやっと魔術を発動させた。

「火魔術 〈威の1〉 噴焱白弾《ふんえんはくだん》!!」

王太子の言葉とともに、合わせた両手から真っ白い炎が噴き上がる。

「火魔術 〈威の2〉 尖叉青槍《せんさせいそう》!!」

同時に唱えたラカーシュの言葉とともに、彼の両手からそれぞれ青い炎の槍《やり》が出現する。

真っ暗な闇の中、突然現れた白と青の美しい炎は、尋常でないエネルギーを内包していた。

そのため、それらの炎を見ているだけで苦しくなり、思わず息を詰める。

飛竜《ワイバーン》も驚いた様子でわずかにスピードを落としたけれど、正にそのポイントを狙って2人は魔術を放った。

王太子の両手から白い炎が、まるで弾丸のような速さで飛竜《ワイバーン》目掛けて飛び出していく。

同時に、ラカーシュの両手からも、青い炎を巻き付かせた炎槍が、もう一頭の飛竜《ワイバーン》目掛けて放たれた。

固唾《かたず》を呑んで見つめていると、白炎の弾も青炎の槍も鈍い音を立てて、それぞれの飛竜《ワイバーン》の胴体に見事に命中した。

その瞬間、魔物たちは体をくねらせながら苦悶《くもん》のうめき声を上げる。

「やったわ！」

私は思わず、ぐっと両手を握り締めた。

飛竜《ワイバーン》の不意を突いたことに加え、2人の攻撃に速度と精度があったため、避《よ》けられることなくヒットしたのだろう。

「やっぱり王太子殿下とラカーシュ様はすごいわ!!」

興奮のあまりそう口にしたけれど、残念なことに、飛竜《ワイバーン》たちはよろめいただけで、地面に落下することはなかった。

それどころか、こちらを睨《にら》み付けてくると、再びぐんと勢いを付けて下降してきた。

「信じられない！　上級魔術の攻撃が命中したのに、致命傷を与えられないなんて!!」

言うまでもないことだけれど、上級魔術は学生が使用できるものでは決してない。

王国中の優秀な魔術師が集まっている、王国魔術師団員の中でも上位の者のみが使用できる高度な魔術なのだ。

それなのに、王太子とラカーシュは緊張も気負いもせずに、当たり前のような顔をして上級魔術を発動させた。

そして、見事にヒットさせたのだ――――相手の魔物が倒れるところまでは至らなかったとしても。

「ラカーシュ様が上級魔術を行使できるのは知っていたけど、王太子殿下まで発動できるなんてとんでもないわね！　才能があるのはもちろんでしょうけど、帝王学の名の下に、日々ものすごい鍛錬を行っているのでしょうね」

こうやって目の当たりにすると分かるけど、王太子とラカーシュの若さで上級魔術を身に付けていること自体が、とんでもない努力をしていることの表れなのだ。

普段は王族や筆頭公爵家の煌《きら》びやかさばかりが目に付くけれど、実際には見えないところでものすごく頑張っているのだろう。

その2人は、下降してくる魔物たちを冷静に見つめていたけれど、ラカーシュが再び両手を構えた。

「私が防御する！」

それから、彼は両手を顔の前にかざす。

「火魔術　〈威の5〉　大炎流壁《だいえんるへき》!!」

ラカーシュの言葉とともに、真っ赤な炎の壁が2人の前方に出現した。

それは以前、彼が披露した炎の盾より何倍も大きい、10メートル四方ほどの大きさの文字通り炎の壁だった。

「すごいわね！」

あまりの迫力に目を見張ったけれど、上級魔術は使用する魔力量が桁違いに多いため、次々に使用できるものではないはずだ。

過去を思い返してみても、フリティラリアの城でラカーシュが蛇の魔物と戦った際、上級魔術を2回使用したことで魔力が枯渇していた。

そして、ラカーシュはこのわずかな時間で、既に2回もの上級魔術を発動しているのだ。

もうこれ以上の上級魔術の使用は不可能に思われたけれど、相手は飛竜《ワイバーン》だ。

中級魔術が効く相手なのだろうか。

両手を握り締めて見守っていると、その魔物たちは突然出現した炎の壁に怯《ひる》んだ様子を見せた。

しかし、急に止まることはできなかったようで、それぞれ体の一部が壁に接触する。

「ギィアアアア！」

「ギィイイイイイ!!」

飛竜《ワイバーン》は慌てて炎壁から離れたけれど、体の一部は炎に包まれていた。

そのため、急いで上空に飛び上がろうとしたけれど、その時、飛竜《ワイバーン》たちの額がきらりと光る。

その様を目にした王太子が、訝し気な声を上げた。

「……魔石？」

王太子の言葉に驚き、確認しようと飛竜《ワイバーン》を振り仰ぐと、確かにその額に青色の石のようなものが埋め込まれているのが見えた。

それは月明かりにきらりと怪しく煌めき、何であるのかが正確に分からないにもかかわらず、私の背筋をぞくりとさせる。

上空に向かって飛翔を始めた飛竜《ワイバーン》の額にある石を見て、私は不吉な予感を覚えたのだった。

◇　◇　◇

上空まで飛翔した魔物たちは、空中で旋回を始めた。

魔物の体を包んでいた炎は、体表の一部を焦がしたものの、いつの間にか消えている。

飛竜《ワイバーン》たちが空中に留《とど》まり、こちらをうかがう様子を見せたため、ラカーシュは無言のまま炎の壁を消滅させた。

規格外の大きさと威力を誇る炎の壁だ。

魔力消費量が尋常でないことは簡単に想像できるため、無駄な魔力消費を抑えるための正しい選択だろう。

魔物たちは次にどう出るのかしらと、息を詰めて成り行きを見守っていると、突然、真横で不死鳥が威嚇するような声を上げた。

「ピイイイイ！」

はっとして顔を向けると、不死鳥はばさりと翼を広げ、躊躇《ちゅうちょ》することなく空に向かって飛び立っていく。

――はるか昔より、人々から「聖獣」と崇《あが》められてきた存在だ。

悪《あ》しきものを駆逐しようという善なる思いを備えているはずで、だからこそ、不死鳥はこの山に棲みついて以降、全ての魔物を追い払ってきたはずだ。

恐らく、不死鳥はあらゆる種類の魔物を駆逐できるほどに強いのだ。

そう期待する一方で、優雅に上昇する姿を目にしたことで、不死鳥はこれまでどうやって魔物を駆逐してきたのだろうと疑問が湧く。

なぜなら不死鳥の神々しい姿は、戦いに向いているようにも、強そうにも見えなかったからだ。

「でも、実際にこの山には魔物が1頭もいないのだから、そのことが不死鳥の強さを証明しているのよね」

そう自分に言い聞かせていると、飛竜《ワイバーン》の間近に迫った不死鳥が、一切勢いを落とすことなく、くちばしから突っ込んでいった。

どん！　という鈍い音とともに不死鳥が飛竜《ワイバーン》の胸部分にぶつかり、その羽根が空中に飛び散る。

衝突の衝撃で魔物は後方に下がったけれど、大きなダメージを受けているようには見えなかった。

むしろ、飛竜《ワイバーン》の1頭が素早く不死鳥の後ろに回り込んだことで、聖獣が2頭の飛竜《ワイバーン》に挟み込まれる形になる。

遠目でもはっきり分かるほどに、飛竜《ワイバーン》の方が不死鳥よりも体が大きかった。

数の上でも、体格的にも不利なことは明らかだったため、焦る気持ちを覚えていると、不死鳥がばさりと大きく羽ばたいた。

その瞬間、大きな炎が二つ発生したかと思うと、勢いよく飛び出していき、それぞれが狙い定めたように飛竜《ワイバーン》の体の一部を包み込む。

「えっ、聖獣が炎を生み出したわ！」

不死鳥の金と赤の羽は、まるで炎のようだと思ったことはあったけれど、聖獣自身が炎を発生させ、操ることができるとは思いもしなかった。

そのうえ、聖獣が放った炎は、その体色と同じく金色混じりの赤であることから、特別の炎のように思われる。

そして、実際に、ラカーシュが生み出した炎の壁が魔物の体に燃え移った際には、わずかな時間で消えてしまっていたけれど、聖獣の炎は魔物の体の上で消えることなく、燃え広がり続けていた。

全身を炎に包まれた飛竜《ワイバーン》は苦しむ様子を見せたけれど、炎を消すための行動を取ることはなかった。

その場から退避することもなく、魔物は目をぎらりと光らせると、大きな口を開けて不死鳥の肩に牙を立てる。

「まさか体が燃え続けているのに攻撃を続けるの!?」

命あっての物種だから、まずは何よりも自分の命を優先させるのが、魔物の基本行動のはずだ。

それなのに、2頭の飛竜《ワイバーン》は全身を焦がしながらも、さらに攻撃を続けていた。

魔物の行動が理解できずに、目を凝らして観察していると、飛竜《ワイバーン》が動くたびにその額がきらきらと光る。

「そうだったわ！　魔物の額には石が埋め込まれているのだったわ」

額に石を埋めた魔物など、これまで見たこともない。

そのため、この2頭は私の知らない種類か、私の知らない何らかの力が加えられた魔物のはずで、だからこそ、行動パターンが他の魔物と異なっているのかもしれない。

そう推測している間も、飛竜《ワイバーン》たちは聖獣を攻撃し続けていた。

大きな牙で聖獣の体を嚙《か》み千切り、鋭い爪で引き裂いている。

一方的な蹂躙《じゅうりん》の様を見て、思わず私の顔が歪《ゆが》んだ。

――――不死鳥はこれまで、1頭きりでこの聖山を守ってきた。

当然、1頭対多数の戦いを何度も経験しているはずで、その全てに勝利してきたからこそ、この山に他の魔物の侵入を許していないのだろう。

そのはずなのに、今回、明らかに不死鳥が押されていた。

「どうして？　今回の魔物が特に強いのかしら？　それとも、不死鳥が弱くなっているの？」

答えは分からないものの、どちらの可能性もあり得るように思われる。

なぜなら魔物の額には不気味な石が光っていたため、私には不明の力が加わっていて、他の魔物より強くなっているかもしれないからだ。

不死鳥にしても、これまでにないほど聖山の炎を食しているとのことだったから、普段と比べて体調が悪いのかもしれない。

ああ、一体どうなっているのかしら、と焦る気持ちで空中の3頭を見つめていると、同じように焦ったような王太子の声が響いた。

「なぜ聖獣が押されている？　私は以前、不死鳥が魔物と戦う姿を見たことがあるが、もっと圧倒的な攻撃力を持っていたぞ！　聖獣は弱っているのか!?」

はっとして王太子を見つめると、彼はぎりりと奥歯を嚙みしめ、空中にいる魔物に向かって攻撃の姿勢を取った。

◇　◇　◇

聖獣が攻撃されている姿を目にしたエルネスト王太子は、冷静さを失っているように見えた。

１００年もの長い間、王家の守護聖獣を務めてきた不死鳥だ。

そこにある絆《きずな》は簡単なものではないだろうし、責任感の強い王太子のことだから、彼が聖獣と契約できてさえいれば、今回の事案は発生しなかったと考えたのかもしれない。

「エルネスト、落ち着け！　下手に攻撃をすると不死鳥に当たるぞ!!」

魔物に向かって両腕を伸ばし、今にも新たな魔術を発動しそうな様子の王太子に対し、ラカーシュが静止を促す声を上げた。

その冷静な声を聞き、王太子ははっとしたように体を強張らせる。

それから、自分自身を落ち着かせようとでもいうかのように振り上げていた腕を下ろすと、体の横で握りこぶしを作った。

続いて、深い呼吸をした後、王太子は再び顔を上げると、厳しい表情で2頭の飛竜《ワイバーン》に視線を走らせる。

しかし、魔物と聖獣の距離はあまりに近過ぎて、魔物のみを狙って攻撃することが至難の業であることは、誰の目にも明らかだった。

そのため、王太子は落ち着かない様子で、何度も攻撃するかのように腕を構えたり戻したりしていたけれど、聖獣を傷付けない方法を見つけられなかったようで、苛立《いらだ》たし気に地面に足を打ち付けた。

そんな王太子の焦る気持ちが伝わったようで、私までもが居ても立っても居られない気持ちになり、2人の側まで走っていくと王太子に質問する。

「王太子殿下、聖獣は弱っているんですか？」

王太子は視線を聖獣に固定したまま、ぎりりと唇を噛みしめた。

「以前、聖獣が戦う姿を見たことがある！　その際には、もっと圧倒的な強さを誇っていた！　飛竜《ワイバーン》が強い魔物であることは間違いないが、それでも、私が知っている不死鳥であれば、発する炎一つで敵を燃やし尽くすことができたはずだ!!」

王太子の口から語られた聖獣は、たった今目にしている聖獣よりも遥《はる》かに強く思われたため、確認するかのように聖獣と魔物たちに視線をやる。

すると、そこには未だに消えることのない炎に包まれた飛竜《ワイバーン》の姿があった。

「そうよね、魔物がまだ炎に包まれていること自体が異常よね。そもそも通常の炎であれば、すでに消えているはずだわ」

飛竜《ワイバーン》の鱗《うろこ》は防火性が高いと聞いたことがある。

にもかかわらず、これほど長い時間炎が消えないのだから、きっと不死鳥の炎は特別仕様なのだろう。

そうだとすれば、この炎は非常に強力で、魔物たちが燃え尽きるまで消えない可能性だってあるのかもしれない。

祈るような気持ちでそう希望的観測を抱いていたところ、ふと空中に浮かんでいる魔物と目が合った。

「えっ？」

気のせいよね、と自分に言い聞かせたけれど、それまで一心に不死鳥を攻撃していた魔物たちはこちらに顔を向けたかと思うと、そのまま下降し始める。

「こ、こっちに攻撃を変更した!?」

自らの体が燃え続けても不死鳥を攻撃することに執心していたはずの魔物たちが、なぜ突然攻撃目標を変えたのかは分からなかったけれど、魔物は明らかにこちらに狙いを定めていた。

それは大変な事態ではあったけれど、不死鳥への攻撃を中断したのであれば歓迎すべきことのように思われる。

こちらに魔物を引き付けている間に、不死鳥が態勢を整えるなり、逃げるなりすればいいのだから。

そう考えたのは私だけではなかったようで、王太子が鋭い声を上げた。

「ラカーシュ、迎え撃つぞ！」

その言葉から、王太子が魔物から一切身を引く気がないことを理解する。

そのため、私は驚いてエルネスト王太子を見つめた。

飛竜《ワイバーン》とは既に一戦交えているため、相手の力の方が勝っていることは分かっているだろうに、それでも正面から戦おうとする王太子の姿が信じられなかったからだ。

聖獣は国民の希望であり、この国に必要な存在だけれど、それは王太子だって同じことだ。

次代の王国を担う唯一無二の存在なのだから。

にもかかわらず、王太子は一切自分の身を守ることをせず、ラカーシュと並んで立つと、正面から魔物を迎え撃とうとしているのだ。

確かにこの場にいるのは王太子とラカーシュ、私だけなので、自分たちで何とかしなければならないのだけど、格上の魔物相手に一切怯《おび》えることなく、堂々と迎え撃とうとするとは思わなかった。

「何てことかしら！　王宮の中で生まれ育ち、誰からも一の人と大事に大事に育てられてきた王太子殿下が、劣勢だと分かっていながらも正面から戦おうとするなんて」

それは私の知っている王族の姿ではなかった。

王族というのはいつだって、彼らの存在以上に大事なものはないのだと、人々の後ろに隠れて守られているものなのに。

もちろんこの国にとって、聖獣が大事な存在であることは間違いないけれど、エルネスト王太子の立場であれば、自分の身をより大事にしても、誰一人として彼を謗《そし》る者はいないはずだ。

それなのに、彼は後ろに隠れることをよしとしないのだ。

「エルネスト王太子には、勇気と決意があるのだわ」

私よりもはるかに高位の者でありながら、真っすぐ顔を上げて魔物に対峙《たいじ》するエルネスト王太子、それから、筆頭公爵家の嫡子であるラカーシュの姿は、間違いなく高潔だった。

「火魔術　〈威の1〉　噴焱白弾《ふんえんはくだん》!!」

王太子は力強い声を上げると、その日2度目となる上級魔術を発動させた。

「火魔術　〈威の2〉　尖叉青槍《せんさせいそう》!!」

同様に、ラカーシュは3度目となる上級魔術を発動させる。

前回のラカーシュは、体中の魔力を絞り出しても2回の上級魔術の発動が限界だった。

そのため、体は大丈夫なのかしら、と心配しながらラカーシュを見上げると、その顔色は悪く、明らかに無理をしていることが見て取れた。

けれど、2人から放たれたのは1度目と比べても遜色ない、素晴らしい威力の魔術で、降下してきていた2頭の魔物に見事に命中する。

そのため、2頭の魔物はともにバランスを崩し、ふらつく様子を見せたけれど、そのまま地面に落下することなく再び上昇すると、空中でバランスを取り直していた。

しかし、2頭のうちの1頭は翼に傷を受けたようで、羽ばたいていても高度が落ちてきている。

飛竜《ワイバーン》たちは炎に包まれていたうえに、大きな怪我《けが》をしていたため、これ以上戦うことができるとは思えず、このまま退避するかと思われたけれど、どういうわけか2頭ともに再びこちらに顔を向けると降下してきた。

その常軌を逸した行動を目にしたことで、私の中で疑問が湧く。

……何かがおかしい。

実際に魔物と対峙したことがあるのは、ラカーシュのお城での1回きりだけれど、それでも目の前の魔物たちの戦い方に違和感を覚えたのだ。

なぜなら魔物はこんな風に、自分の命を顧みないような戦い方は決してしないはずだから。

そう考えている間にも、飛竜《ワイバーン》が大きな口を開けて王太子に迫ってきた。

先ほどの経験から、王太子に迎え撃たれるのは分かっているだろうに、それでも攻撃してきたのだ。

魔物自身も満身創痍《まんしんそうい》で、命の火が消えかけている状態だろうに、我が身を顧みない戦い方を訝しく感じる。

対する王太子とラカーシュも、上級魔術を何度も発動させているため、魔力がほとんど枯渇している状態のはずだ。

そのため、王太子が3度目の魔術を発動すべきかどうか――――発動させることができるのかどうかを躊躇している一瞬の隙を衝《つ》いて、魔物の牙が彼の間近に迫ってきた。

「くっ！」

王太子は少し表情を歪めただけで、もう一度上級魔術を発動させようとする。

けれど、その顔からは汗が滴り落ちていた。

恐らく、王太子もぎりぎりのところで戦っているのだ。

「火魔術　〈威の1〉　噴焱白弾《ふんえんはくだん》!!」

王太子の言葉とともに、合わせた両手から真っ白い炎が噴き上がったけれど、魔物は正面から受け止めるつもりなのか、口を開けたまま迫ってきた。

どん、どん、という鈍い音とともに、王太子が放った魔術が貫通し、魔物の首や腹に握りこぶし大の穴が開いたけれど、飛竜《ワイバーン》は気にすることなく、その牙で王太子を噛み切ろうとさらに迫ってくる。

「エルネスト王太子！」

思わず手を伸ばしたけれど、間に合わないことは明らかだった。

それでも駆け出したその瞬間、突如としてその場に激しい風が吹いた。

それは、王太子、ラカーシュ、私の3人とともに数メートルほど後方に吹き飛ばされるほどの強い風で、――――だからこそ、同様に魔物も遠くへ吹き飛ばされた。

一体何が起こったのかしらと、地面に伏した状態で周りを見回したけれど、突如発生した突風の原因は見つからなかった。

その時、上空から声が響く。

「こんばんは、魔法使いちゃん☆」

驚いて暗い夜空を振り仰ぐと、月明かりの中、空中に1人の女性が浮いているのが見えた。

真っ白な肌に長い緋色《ひいろ》の髪をなびかせた、扇情的な服を着た女性。

過去に1度しか会ったことはなかったけれど、それでも、強烈な印象を残したその相手を忘れるはずがない。

「東星《ひがしぼし》!?」

――――それは、おとぎ話の中の住人だと言われている『四星《よつぼし》』の中の一星、『東星』と呼ばれる存在だった。

37 東星カドレア

思わず名前を呼ぶと、東星は彼女らしからぬ申し訳なさそうな表情を浮かべた。

「お久しぶりね、魔法使いちゃん。合わせる顔がなくてずっと隠れて見ていたけれど、とうとう現れてしまったわ★」

「えっ」

東星にそんな殊勝な考え方ができるとは思わなかったため、驚いて声が漏れる。

そんな私を前に、東星は我慢するかのように顔を伏せていたけれど、すぐに顔を上げると嫣然《えんぜん》と微笑んだ。

どうやら私の手前、反省したポーズを取ろうとしたものの、殊勝な態度はほんのわずかしか続かなかったようだ。

でも、こちらの方が東星らしいわねと考えていると、彼女は私に近付いてきて、自らの唇に指をあてた。

「あのね、『東星』は役職名であり尊称なの。あまりわたくし自身とは結び付いていないから、わたくしのことはカドレアと呼んでちょうだい。わたくしもあなたのことはルチアーナと呼ぶから★★」

緊迫した場面にいきなり現れたと思ったら、よく分からない交換条件を出されて困惑する。

けれど、こだわるところではなかったため、彼女の提案を受け入れた。

「分かったわ、カドレア。それで、あなたは一体何をしに来たの？」

彼女に会ったのは1度きりで、その全てが二度と体験したくないものばかりだった。

カドレアは明らかに私たちと敵対する者として現れ、ラカーシュやジョシュア師団長を始めとした皆に、大きな怪我を負わせたのだから。

さらには、カドレアの暴走した魔術が原因で、サフィアお兄様の片腕が滅失してしまった。

時間が経過したことで、兄の件についてはカドレアに悪意がなかったことと、不可抗力だったことは納得したけれど、それでも、彼女の姿を目にして何も感じないわけではないのだ。

「ルチアーナ、あなたは『世界樹《ユグドラシル》の魔法使い』だわ。だから、わたくしにとってとても大事な存在なの。そんなあなたを傷付けようとされたならば、黙っていられないってことよ☆☆」

そう言うと、カドレアは空中に浮かんだまま、目を細めてエルネスト王太子とラカーシュを見下ろした。

2人はカドレアが発生させた風に吹き飛ばされたものの、すぐに地面から立ち上がったようで、警戒するような表情で彼女を見つめている。

ラカーシュはカドレアが何者であるかを知っているけれど、王太子は知らないはずだ。

けれど、空中に浮かんでいるカドレアが常ならざる存在であることは、理解できているだろう。

そう考える私の前で、王太子はラカーシュに短く問うた。

「ラカーシュ、あの女性は『四星』の中の一星なのか？」

その質問内容から、王太子がカドレアと私の会話を聞いていたことに気が付く。

しまった、私はカドレアのことを『東星』と呼んだのだったわ。

「ああ、そうだ」

ラカーシュが短く答えると、王太子は緊張した様子でごくりと喉をならした。

「ルチアーナ嬢は……『世界樹《ユグドラシル》の魔法使い』なのか？」

「……ああ、そうだ」

ラカーシュが肯定した瞬間、王太子は信じられないとばかりに大きく目を見開くと、ラカーシュの服の胸元を掴んだ。

「まさか、そんなことがあるはずもない！　彼女にそれらしい片鱗《へんりん》は何一つなかったぞ!!」

どうやら四星を目にした衝撃よりも、私が魔法使いであることの方が、王太子にとって何倍もの驚きのようだ。

王太子の衝撃を受けた姿を目の当たりにし、それもそうだろうなと納得する。

学園の劣等生である私が、よりにもよって伝説上の存在である『世界樹《ユグドラシル》の魔法使い』だなんて、王太子にとっては悪い冗談にしか思えないはずだ。

けれど、幸か不幸か、王太子に疑問を解消する時間は与えられなかった。

なぜなら遠くに吹き飛ばされていた飛竜《ワイバーン》たちが戻ってきたからだ。

はっとして空中を振り仰ぐ王太子と同じように、カドレアが頭上の魔物を見つめながら顔をしかめる。

そんなカドレアの視線を追うと、飛行している魔物の額で青い石がきらきらと輝いていた。

「青い結晶石を魔物に埋め込むのはシストのやり方よ。彼のいやらしい性格が表れているわよね。いつだって、こんな風に離れた場所から魔物を操るだけで、本人は現場に現れないのだから☆」

「シスト？」

初めて聞く名前に首を傾げていると、カドレアは悪戯《いたずら》っぽそうに笑った。

「わたくしたち四星は独立した存在だから、それぞれが正しいと思う方法で世界樹《ユグドラシル》を守っているの。見せかけの行動が『人間のためになるもの』が『善き星《よほし》』と呼ばれていて、『人間のためにならないもの』が『悪しき星《あほし》』と呼ばれているわ☆」

カドレアの説明には納得できるものがあったので、なるほどと頷く。

「そう言われれば、昆虫も同じように分けられているわね。人に利益をもたらすか、被害を与えるかで、『益虫』、『害虫』と呼び方が変わるのよ」

私の言葉を聞いたカドレアは、おかしそうに指を1本立てた。

「ふふふ、至高の存在と呼ばれるわたくしたちを虫にたとえるなんて、さすがは『世界樹《ユグドラシル》の魔法使い』ね。そして、その『南の善き星』のところの『青き慈愛星』が、今回の黒幕ね★」

さらりと新たなる四星の登場を告げられ、驚きで声が零《こぼ》れる。

「えっ、今回のことに四星がかかわっているの？　一体どうして『南星《みなみぼし》』はそんなことをしたのかしら」

そもそもカドレアと出会ったのは、彼女が『世界樹《ユグドラシル》』を元気にしたいと考え、私を探していたためだ。

そんな彼女は私を襲い、無理矢理言うことを聞かせようとまでしてきた。

けれど、結局、私が魔法使いとしては不完全であることと、兄の腕を失わせたカドレアに私が一切協力する気持ちになれなかったことを察し、今は時期が悪いと考えたのか、それ以降は接触してこなかった。

先ほど、カドレアが『四星は独立した存在』だと言ったように、別々に行動しているのであれば、南星は私の存在を知らないはずだ。

だから、私をどうこうしようというのではなくて、不死鳥に何らかの行いをしようと考えているのだろうか。でも、なぜ？

私の疑問に答えるかのように、カドレアが説明を続ける。

「不死鳥は『世界樹《ユグドラシル》』を復活させる鍵になる存在なの。だから、『南星《シスト》』は不死鳥を人から切り離して、自由にさせたいのでしょうね☆」

カドレアの説明に納得できないものを感じ、首を横に振る。

「自由にさせたいからといって、不死鳥を攻撃する必要はないはずよ。不死鳥に何かあったら、困るのは南星も同じでしょう？」

私の言葉を否定するかのように、カドレアが唇を歪めた。

「不死鳥はその名の通り、何があっても死なないのよ。新たに再生するだけ。そして、再生する際に古い記憶や過去の全てを捨て去るから、南星《シスト》は不死鳥にさっさと再生してもらって、まっさらな状態になってもらいたいのじゃないかしら★★☆」

「不死鳥に再生してもらうですって？」

不死鳥が決して死なないというのは初めて聞く話だ。

そして、再生するというのは一体どのような状態を指すのだろう。

「今の不死鳥は王家と親密過ぎるから、王家の望みを叶《かな》えることを優先させる傾向があるわ。南星《シスト》はそれが面白くないのよ。不死鳥はいついかなる時も、世界樹《ユグドラシル》のためにあるべきだと考えているから★」

そう言うと、カドレアは長い指先を魔物に向けた。

「南星《シスト》は魔物を操るために、細かい意思疎通を可能にするための青い結晶石を使うわ。だから、あの魔物たちは南星《シスト》の望み通りに動いていているってことよ☆☆」

カドレアがそう言い終わると同時に、それまで空中を旋回していた飛竜《ワイバーン》が聖獣へ向かって真っすぐ下降してきた。

◇　◇　◇

「そうは言っても、遠隔操作されている魔物が、四星であるわたくしの相手になるはずもないけどね☆」

カドレアはそう言いながら両手を広げると、まるでそこに壁でもあるかのようにぴたりと空中で静止させた。

「風・網・風!!」

その瞬間、速度を上げながら一直線に聖獣へ向かっていた飛竜《ワイバーン》たちが何かに引っかかったかのように前進を止《や》める。

目を凝らすと、渦巻く風が網の目のように絡み合っていて、飛竜《ワイバーン》たちの進行を防いでいた。

カドレアが両手を動かすと、その風の網はぐるりと2頭の魔物を包み込むように広がって閉じる。

「ふふっ、これでしばらくはおとなしくしているかしら☆」

楽しそうにそう言ったカドレアは、聖獣と私たちを守ろうとしているように見えた。

そのため、一体どういうつもりなのかしらと用心する。

――――先ほど、カドレアは言った。

『ルチアーナ、あなたは「世界樹《ユグドラシル》の魔法使い」だわ。だから、わたくしにとってとても大事な存在なの。そんなあなたを傷付けようとされたならば、黙っていられないってことよ☆☆』

けれど、彼女の言葉をそのまま信じることは難しかった。

なぜならカドレアは、決して私たちの味方ではないからだ。

そして、もしも私が本当に『世界樹《ユグドラシル》の魔法使い』であり、その力に目覚めたのであれば、利用しようと近寄ってきても不思議はないけれど、現時点の私はそうでない。

だから、カドレアが全く利用価値のない今の私に接触してくる理由はないはずだけれど……。

彼女を疑う気持ちは表情に表れていたようで、カドレアが困ったように眉を下げた。

「あなたは信じ切れていないようだけれど、ルチアーナは間違いなく魔法使いよ。だから、あなたが力に目覚めた際には、わたくしに協力してほしいけど、そうでない状態のあなたは不安定で、時には弱いから、わたくしが守ろうと考えたの★」

「あなたが私のために体を張ろうというの？」

信じられないわね、という気持ちを声に乗せると、カドレアは肩を竦める。

「そうでもあるし、そうでもないわ。あなたを守るのはわたくしのためよ。あなたにしかできない役割があるし、何としてもあなたにはその役割を果たしてほしいから、来《きた》るべき時のためにあなたを守るということよ☆★」

つまり、カドレアは彼女の望みを果たすために、私を利用しようと考えているのかしら。

それならば納得できるけど、魔法使いとして目覚めるかどうかも分からない私のために体を張るのは割に合わないわよね。

そう首を傾げていると、カドレアは柳眉をしかめた。

「それに、わたくしは元々、南星《シスト》が嫌いなのよね！　若くて、綺麗な顔をしていて、いつだって正論ばかりを口にするから、目障りなのよ★★★」

先日のオーバン副館長の説明によると、南星は男性だったはずだ。

カドレアとは性別が異なるから、外見を比較する相手にはなり得なそうだけれど、彼女からしたら、南星が「若くて、綺麗な顔をしていること」だけで気に入らないようだ。

カドレアは緋色の髪をばさりと後ろに払うと、長い指でエルネスト王太子とラカーシュを指し示す。

「ところで、その2人は魔力が枯渇しているじゃない。わたくしの風に吹き飛ばされたことで、魔術陣も消えてしまったことだし、もはや役に立たないわね★」

そう言うと、カドレアは両手の指を1本ずつ立てた。

「けれど、わたくし1人が戦うのも損をしている気分になるから、2人にはわたくしの魔力を分けてあげようかしら☆★」

「えっ、でもそれは！」

魔力の譲渡は、渡された者が酷《ひど》い魔力酔いを引き起こすはずだ。

実際に、カドレア城でカドレアから魔力を返してもらった兄は、酷い魔力酔いを起こし、立っているのもやっとの状態だったのだから。

その時のことを思い出して、カドレアを止めようとしたけれど、それより早く彼女がくるりと指を回す。

「魔力分配10％・魔力分配10％・譲渡★」

その瞬間、彼女のそれぞれの指から、力の塊が王太子とラカーシュに向かって発出されたのが分かった。

けれど、それは攻撃ではなかったようで、力の塊を受けた2人はびくりと体を硬直させた後、地面に倒れ伏すでもなく、驚いたように目を見張っただけだった。

気のせいか、2人の体からうっすらとオーラのようなものが出ているように見える。

ということは、カドレアの言葉通り、本当に魔力を譲渡したのだろうか。

「えっ、こんなに簡単に魔力を受け渡せるの!?」

驚いて目を見張ったけれど、魔力を譲渡されたら、しばらくは酷い魔力酔いに悩まされて、とても魔術を行使するどころではないはずだ。

だから、この場面での魔力譲渡は有用な方法ではないわよね、と恐る恐る2人の顔色を確認する。

けれど、私の視線の先に立っていたエルネスト王太子とラカーシュの顔色はよく、体調が悪いようには見えなかった。

そのため、一体どういうことかしらと首を傾げていると、カドレアが悪戯っぽそうな笑みを浮かべる。

「ふふふ、わたくしは四星と呼ばれる存在だもの。その気になったら、魔力の性質を変容させて、受領相手にぴったり合う魔力に変化させることができるのよ☆」

「えっ、で、でも、サフィアお兄様の時は……」

兄は全身から汗を流していたし、ぐったりとしていて声も出せないほど体調が悪そうだった。

だから、カドレアから返された魔力が兄に合っていたとは思えないけれど、とその時のことを思い出しながら言い募ると、カドレアはつんと顎を上げた。

「あの時は、サフィアが強制的に契約を実行したから、何かを操作する時間はなかったわ。それに、時間があったとしても、彼のために魔力の性質を変容させるはずもないわね。このわたくしを騙《だま》し討ちするなんてと、サフィアに対して腹立たしさと悔しさを覚えていたから、嫌がらせをするに決まっているわ★」

「ええっ！」

呆れていると、視界の端を何かが横切るのが見えた。

はっとして顔を向けると、聖獣がゆっくりと空から落ちてくるところだった。

驚いて駆け寄ろうとしたけれど、それよりも早く少し離れた場所にどさりと鈍い音が響く。

2頭の魔物を引き付けているうちに、聖獣が逃げてくれればいいと考えたけれど、どうやらもはや逃げる元気もなかったようだ。

驚いた私は、服の内ポケットに入れていた回復薬を手に取ると、聖獣に走り寄る。

この場には、回復魔術をかけることができる者が一人もいないことは分かっていたため、効き目は落ちるけれど、薬に頼るしかないわと考えて、たくさんの回復薬を事前に準備してきたのだ。

聖獣の前にしゃがみ込み、その頭を抱えて全身を見回すと、飛ぶのが難しいほどあちこちの羽根が抜け落ちていた。

そのため、私は痛ましい気持ちを覚えながら聖獣の頭を少し持ち上げ、薬の瓶を口元に運ぶ。

「回復薬よ。少しは楽になるはずだから、飲んでちょうだい」

不死鳥は私が信用できる相手なのかを確認するかのように、じっと見つめてきた。

その瞳はキラキラと宝石のように輝いており、目の前の不死鳥が聖獣と呼ばれる特別な存在であることを再認識する。

「あなたはボロボロじゃないの。どうか飲んでちょうだい」

もう一度必死に頼んだけれど、不死鳥は決してくちばしを開かなかった。

38 聖獣「不死鳥」3

「いつまでも飛竜《ワイバーン》を網の中に閉じ込めておくのも、魔力の無駄遣いよね☆☆」

カドレアはそう言うと、天に向かって両手を上げた。

それから、それらの手をくるりとひっくり返す。

たったそれだけの動作で、彼女の風魔術が解除されて魔術の網が霧散した。

自由になったことを理解した飛竜《ワイバーン》は素早く二手に分かれると、上空からカドレアを睨みつける。

それから、大きな口を開けると、威嚇するかのように咆哮《ほうこう》した。

「ギィイイイイ!!」

「ギャアギャア!!」

魔術の網の中に閉じ込められていた間ずっと強風を受け続けていたためか、あるいは不死鳥が弱ったためか、飛竜《ワイバーン》を包んでいた炎はいつの間にか消えている。

そのことで再び力が漲《みなぎ》ってきたのか、飛翔高度を保てなかった方の飛竜《ワイバーン》も空中に留まることができるようになっており、力強く羽ばたいていた。

カドレアはそれらの様子を面白そうに眺めた後、王太子とラカーシュの2人に顔を向ける。

「あなた方2人は魔法使いの守護者《ガーディアン》候補なのかしら？　だとしたら、力を見せてわたくしを納得させてちょうだい。わたくしの大事なルチアーナを預けるに足りる人物なのだということを示さなければ、とても彼女を任せられないわ☆」

まあ、カドレアは相変わらず自分の都合だけで話を進めているわよ。

それから、いつの間にか私の保護者のようなことを言い出したわよ。

呆れる私を知らぬ気に、彼女は長い腕を伸ばすとぱちりと指を鳴らした。

「さあ、わたくしのあげた魔力を使い切ってちょうだい。その2頭を倒すのよ★★」

カドレアの言葉を聞いた2人は、彼女の言葉に従うかのように魔物に向かって腕を構えた。

2人の頭の中は疑問だらけで、聞きたいことも言いたいこともたくさんあるのだろうけれど、まずは目の前の敵を殲滅《せんめつ》することに集中するようだ。

こういうところを見るにつけ、この2人は本当に優秀だと思う。

多くの不明点、疑問点が浮かんでいても、優先順位を間違えずに、やるべきことに集中できるのだから。

けれど、2人とも既に魔術陣を使用してしまったから、しばらくの間は使うことができない。

そのため、先ほどよりも状況は悪化しているように思われた。

心配になって2人に視線をやったけれど、エルネスト王太子とラカーシュは超上位者だけあって、不安な様子を一切見せなかった。

「さすが次期国王と『歩く彫像』ね。ポーカーフェイスはお手の物だから、心情がちっとも読めないわ」

その2人は魔術発動の構えを取ったまま魔物に視線を固定すると、2頭が接近してくるのを冷静に待っていた。

その様子を見た私は、この2人であれば何とかしてくれるような頼もしい気持ちになって、手元に視線を落とす。

2人が気になるのと同様に、腕の中にいる不死鳥も気になっていたからだ。

腕の中の不死鳥を見下ろすと、やっぱりくたりとしていたので、居ても立ってもいられない気持ちになってもう一度頼んでみる。

「ねえ、お願いだから、回復薬を飲んでちょうだい。少しは楽になるはずよ」

王太子の話では、不死鳥は人の言葉を話すし、人の言葉を理解できるとのことだった。

だから、薬を飲もうとしないのは不死鳥の意思なのだろう。

けれど、怪我をしているのに、どうして治したいという気持ちにならないのだろうか。

無理矢理くちばしをこじ開けるわけにもいかず、途方に暮れていると、いつの間にか戦闘が始まったようで、鮮やかな炎が空中で弾《はじ》けた。

はっとして顔を上げたけれど、カドレアが目の前に立っていたため、視界を塞がれる。

「さすがね、ルチアーナ。契約者以外には触れさせない聖獣が、簡単に接触を許すなんて☆」

「えっ」

不用意に触れてしまったけど、触ってはいけない相手だったのかしら。

そう心配になったけれど、腕の中にいる不死鳥からは敵意を感じない。

「もしかしたら不死鳥は怪我をしているから、触らせてくれたのかもしれないわね。でも、薬を飲んでくれないのよ」

カドレアに現状を訴えると、彼女は長い髪を後ろに払った。

「聖獣は炎以外を体に入れることはないわ☆☆」

「……そうなのね」

不死鳥は名前通り不死だと、カドレアは言っていた。

だから、薬を飲まなくても怪我が治るということだろうか。

何かを見落としているような焦燥感に襲われ、答えを探して不死鳥を見つめる。

本来ならば聖獣はもっと強いのだと、エルネスト王太子は言っていた。

だとしたら、何が聖獣を弱らせているのだろう。

目を眇めて不死鳥を見つめたけれど、すぐにはっとして目を見開く。

なぜなら1枚、また1枚と不死鳥の羽根が目の前で抜け落ちていったからだ。

不死鳥の羽根は既にあちこちと抜けていたけれど、それは飛竜《ワイバーン》との戦闘によるものだと思っていた。

けれど、それだけではなく、自ら抜け落ちたものもあったのかしらと、驚いて目を見張る。

「えっ、羽根の生え変わりの時期、というわけではないわよね。どうしてこんなにたくさん……」

考えをまとめるため、心の裡を言葉に出していると、ひときわ大きな炎が離れた場所で炸裂《さくれつ》した。

どん！　という大きな音とともに、真っ暗闇の中に鮮やかな炎が飛び散る。

「あら、思ったよりも早かったわね☆☆☆」

カドレアの声に顔を上げると、エルネスト王太子とラカーシュの攻撃が飛竜《ワイバーン》に命中したところだった。

2人が放った炎の攻撃は、魔物の体を貫通して反対側に抜けていく。

目を離したのは長い時間ではないのに、と驚いていると、一拍置いて二つの鈍い音が響いた。

2頭の魔物が砂埃《すなぼこり》を上げながら、地面に倒れ伏したのだ。

◇　◇　◇

無表情ながらも前傾姿勢になり、ぼたぼたと汗を滴らせているエルネスト王太子とラカーシュは、疲れ果てているように見えた。

それはそうだろう。

たった2人で凶暴な魔物を倒したのだから。

「すごいわね！　以前、ラカーシュ様のお城で倒した魔物以上に凶暴なはずなのに、追い払うだけでなく倒してしまうなんて」

そもそもこの2人は、当然のことのように初めから上級魔術を発動させていたけれど、そのこと自体が驚愕に値することなのだ。

たった2人で凶暴な魔物に立ち向かっただけでなく、実際に倒してしまうその腕前に感嘆する。

私のちっぽけな火魔術では、とてもできない芸当だわ。

そう考えながら尊敬のまなざしで見つめていると、隣からおかしそうな声が響いた。

「ルチアーナはこの何倍もすごいことをやり遂げるのに、この程度のことでいちいち心を動かされるのね☆」

「えっ、私は何もすごいことなんてやり遂げていないわ。カドレアも見ていたでしょうけど、今日の私は聖獣と一緒に地面に座っていただけよ」

至極当然の主張をしたけれど、カドレアは肩を竦めただけで返事に代えた。

どうやら私の言葉を聞く気がないようだ。

「あなたの守護者候補《ガーディアン》は悪くないわね。わたくしが魔力を分け与えて以降、あの2人は戦い方を変えたわよ。相手が飛翔しているから不利だと気付いて、先に飛竜《ワイバーン》の翼を落としたの。そうね、竜も地面に落ちたらただの大きなトカゲだわ★★★」

相変わらずの話しぶりだけれど、これでもエルネスト王太子とラカーシュの2人を褒めているのだろう。

そのことを証するように、カドレアは2人に向かって歩いていくと、バチンとウィンクをした。

「初めて戦う魔物相手に、わずかな時間で攻略方法を見出すなんて悪くないわ。命が懸かった場面では、焦ったり気が急《せ》いたりしてなかなかできないことでしょうに。いいわ、及第点をあげる。ルチアーナをあなた方に預けましょう★☆」

そう言うと、カドレアは地面の上に横たわっている飛竜《ワイバーン》に手を伸ばした。

それから、魔物の額にはまっている青い宝石の上に手をかざすと、……まるで吸い込まれるように魔物の額から宝石が外れ、彼女の手中に収まった。

「危険は去ったようだから、わたくしもお暇《いとま》するわね。わたくしは南星《シスト》に用があるから、この宝石は彼への手土産にもらっていくわ☆☆」

カドレアはそう言うと、再び空中へ浮き上がった。

「またね、ルチアーナ☆☆☆」

そして、言いたいことだけを言うと、カドレアは暗闇の中に消えていったのだった。

残された私は、不死鳥を腕の中に抱えながら、少し離れた場所にいる王太子とラカーシュを見つめた。

すると、荒い息を吐いていた2人は、戦闘直後の酩酊《めいてい》状態から戻ってきたようで、はっとした様子でこちらに顔を向ける。

「ルチアーナ嬢、無事か!?」

ラカーシュは脇目もふらずに走り寄ってくると、私の顔を両手で挟み込んだ。

彼らしくない強引な仕草に驚いたけれど、ラカーシュから真剣な表情で覗き込まれたため、心配されているのだと気付いてこくこくと頷く。

けれど、彼は私の返事だけでは満足できなかったようで、私の顔に怪我がないかを丁寧に確認し始めた。

戦闘直後のラカーシュは手袋をしておらず、戦ったことで体温が上がったようで、私に触れる彼の手に熱を感じる。

そのことを気恥ずかしく思い、彼の手から意識をそらそうと、間近に迫ったラカーシュの顔に視線を移す。

すると、彼の真剣な表情が目に入り、「真顔になるとイケメンが際立つわねー」と不謹慎な考えが浮かんだため、そんな場合じゃないわと気持ちを引き締めた。

ラカーシュは見えるところ全部を確認しないと気が済まないようで、私の両手を丁寧に確認した後、ドレスから出ている首元を不躾《ぶしつけ》にならない程度に目視確認していた。

それからやっと、安心したようなため息をつく。

「ルチアーナ嬢、君が無事でよかった」

ラカーシュが確認作業を行う間、エルネスト王太子も心配そうに私を見ていたけれど、怪我がないことが分かった途端、ほっとしたように肩の力を抜いた。

「よかった、聖獣も……」

けれど、そこで王太子の言葉が途切れる。

月に雲がかかっていたため、おぼろげにしか見えなかった聖獣の姿が、再び明るい月明かりに照らし出されたことで、はっきり見えるようになったからだ。

言うまでもなく、聖獣はたくさんの羽根が抜け落ち、ボロボロに傷付いていた。

「まさかそんな！　不死鳥が飛竜《ワイバーン》ごときにここまでやられるのか!?」

慌てた様子で聖獣の前に膝をつき、震える言葉を口にする王太子は、目の前の光景が信じられない様子だった。

恐らく、王太子が知っている聖獣はもっと強く、このように傷付いた姿を見たことはなかったのだろう。

王太子の声を聞いた聖獣は、それまでぐったりとしていた顔を上げると、じっと彼を見つめた。

長らく契約をしていた王家の者の声を、聞き分けたのかもしれない。

王太子が緊張した様子で聖獣を見つめ返していると、聖獣は訴えるような鳴き声を上げた。

「キィーッ！」

けれど、それは人の言葉でなかったため、当然のことながら王太子には理解できない様子だった。

「不死鳥、どうかしたのか？　望みがあるのならば、分かるように言ってくれ！」

王太子は真剣な表情で聖獣に頼み込んだけれど、聖獣はふいっと顔を背けると、火口に顔を向けた。

それから、残った力を振り絞るように大きく羽ばたくと、ふらふらしながら空に舞い上がる。

「えっ！」

「不死鳥!?」

「飛ぶな、傷が開くぞ!!」

聖獣が羽ばたくたびに、大量の羽根が空中に飛び散っていく。傷口が開いているのだ。

無理をすると傷が広がるから、と私たちは制止したけれど、聖獣にそれらの声が聞こえた様子はなく、一心に飛び続けていた。

そのため、私たち3人は聖獣の後を追いかけて走り始める。

一所懸命に足を動かしながら、私はセリアが視たという『先見』について考えを巡らせていた。

セリアは魔物に襲われて聖獣が亡くなる姿を視たと言っていたけれど、カドレアの話では不死鳥は決して死なないとのことだった。

代わりに、再生するとの話だったので、セリアにはその再生した姿が亡くなったように見えたのではないだろうか。

あるいは、ボロボロの体で地面にうずくまっている姿が、すでに息がないように見えたのかもしれない。

いずれにしても、魔物は討伐されたので、聖獣の命の危険は去ったはずだ。

そう希望的観測を抱きながら、必死になって後を追いかけていると、聖獣は真っすぐ火口に向かっていき――――そのまま落下するかのように、火口の中に飛び込んだ。

「なっ、不死鳥!?」

王太子は叫び声を上げると、火口に走り寄る。

私も慌てて走っていくと、王太子とラカーシュとともに火口の中を覗き込んだ。

けれど、――――そこには、ぐつぐつと赤く燃え滾る高温のマグマが渦巻いているだけで、不死鳥の姿は見当たらなかった。

◇　◇　◇

「不死鳥！　どこにいるのだ!?」

王太子は必死な様子で火口内に向かって声を張り上げた。

何度目かの呼びかけの後、マグマの一部がごぷりと跳ね、そこから聖獣が顔を出す。

「不死鳥!!」

王太子は喜びの声を上げたけれど、不死鳥は聞こえていない様子で、もう一度マグマの中に顔を突っ込んだ。

「不死鳥、一体何をやっているのだ!?　体が燃えてしまうぞ!!」

マグマの中に再び体を沈めた不死鳥は、溺れているようにも見えたけれど、むしろ自分の意思でマグマに突っ込んだように私には見えた。

そのため、一体どういうことかしらと、マグマの中に沈んだ聖獣を見守る。

すると、聖獣は再びマグマの外に顔を出し、困惑した様子で周りを見回した。

その姿は、何らかの思惑が外れて途方に暮れているように見える。

はらはらしながら見守っていると、聖獣はくちばしを開き、高い声で鳴き出した。

「ピュイ、ピュイ！」

その鳴き声は、『熱い、熱い』と言っているように聞こえる。

自らマグマの中に飛び込んだのに、聖獣は苦しんでいるのだ。

「出ていらっしゃい！」

私は身を乗り出すと、必死になって叫んだけれど、聖獣はバタバタとマグマの中で翼を動かしただけで、マグマの上に浮き出ることはなかった。

というよりも、あれほど全身が傷付いていたのだ。

ぐつぐつと燃え滾る真っ赤なマグマの中から、翼がボロボロになった聖獣が自力で脱出できるとはとても思えなかった。

「ああ、何てことかしら！」

聖獣は何らかの目論見《もくろみ》があってマグマの中に飛び込んだものの、当てが外れて苦しんでいるのだ。

普通に考えたらマグマの中に飛び込むことは自殺行為だけれど、聖獣にとってはそうではなかったのだろう。

ああ、いえ、そんなことを考えている場合ではないわ。

聖獣をマグマから助け出さなければ！

そこからの私は、半分無意識で動いていたと思う。

頭の中に浮かぶのは、『聖獣を助けなければ』という思いだけだ。

何か助けになるものはないかと周りを見回すと、エルネスト王太子とラカーシュが青ざめた顔で火口を見下ろしていた。

この2人は火魔術の使い手なので、マグマの中に落ちた聖獣を助ける術を持たないのだろう。

……だとしたら、私が聖獣を助けないと。

私は円形にくぼんでいる火口の縁ぎりぎりの場所に立つと、再びその内側を見下ろした。

ぼこりぼこりと灼熱のマグマが湧き上がっており、その熱さが尋常でないことは簡単に想像できる。

火口から噴き上がる風は、まるで炎を浴びているのかと思うほど熱く、辺り一面に火の粉が飛び散っていて、夜闇をきらきらと輝かせていた。

「ルチアーナ嬢!?」

私に気付いたラカーシュが驚愕の声を上げる。

つられたようにエルネスト王太子もこちらを向き、私が火口の縁に立っている姿を見て目を見開いた。

「ルチアーナ嬢、恐怖で乱心したのか!?」

けれど、その時の私は熱に浮かされたような状態になっていたため、2人の声が耳に届くことはなかった。

他の一切のものに注意を引かれることなく、ただ一心に聖獣を見つめていたのだ。

灼熱のマグマが暗闇の中に私を照らし出し、吹き荒れる風で髪がふわりと舞い上がる。

――ああ、聖獣を救わないと！

心に浮かぶのはそのことだけだ。

一つのことに集中し過ぎたからなのか、その時突然、私の体の中心にぽつりと火が灯ったかのような感覚が走った。

それは、虹樹海で世界樹に藤の花を咲かせた時に覚えた感覚と同じものだった。

そのため、この感覚には覚えがあるわと考えながら、聖獣に向かって両手を差し伸べると、聖獣がこちらを見ていたため、目が合ったような気持ちになる。

私はただ一つだけ、――――聖獣を救いたいとの気持ちから、想いを言葉に乗せた。

「集いし風よ　彼《か》の者を包み込み　こなたまで運びなさい――――守風《かみかぜ》！」

私が呪文を発すると同時に、火口内に強い上昇気流が発生する。

その気流はあっという間にマグマの中から聖獣を引き上げると、聖獣にまとわりついていたマグマの炎を吹き払った。

聖獣の体から飛び散った灼熱の炎がぱちぱちと暗闇の中で燃え上がり、辺り一面を明るく照らし出す。

赤と金の色をした聖獣の存在も相まって、一瞬にしてその場に幻想的な光景が作り出されたけれど、見とれている時間はなかった。

なぜなら炎に照らし出され、再び全身を露《あらわ》にした聖獣は、このわずかな間にさらにボロボロになっていたからだ。

もう羽ばたく気力も残っていないようで、翼を動かしもしない。

私が作り出した風は微動だにしない聖獣をゆっくりと包み込むと、まるで意思を持っているかのように私たちのもとまで運んでくれた。

そうやって、無事に私たちのもとに戻ってきた聖獣だったけれど、とても静かに地面の上に降ろされたためか、何が起こったのかを分かっていない様子だった。

疲れ果てたとばかりに全身をぺたりと地面につけ、目だけをきょろきょろと動かしている。

改めて眺めてみると、聖獣の全身は焼け焦げ、羽根はほとんど残っておらず、元の美しい姿とは似ても似つかない酷い有様だった。

マグマの中に飛び込んだがためにこれほどボロボロになったのだ、と考えているとエルネスト王太子の震える声が響く。

「不死鳥……よかった。聖山のマグマに落ちた時は、最悪の状況を予想して肝が冷えたが、……あの状態から救い出すことができるとは、事実ルチアーナ嬢は」

私の名前が聞こえたので、思わず王太子に視線をやると、彼は縋《すが》るかのように私を見つめていた。

初めて目にする彼の表情に視線をそらせずにいると、聖獣が弱々しい声を上げる。

「ヒューイ」

はっとして聖獣に近付くと、聖獣はぶるぶると全身を震わせていた。

同時に王太子も聖獣のもとに駆け寄ると、膝を折って悔し気な声を出す。

「くっ、聖獣、そもそもなぜ弱った体でマグマの上を飛んだのだ！　腹が空《す》いていたのかもしれないが、あれほど魔物に傷付けられていたのだ。普段とは異なり、マグマの上を飛びながら食事をする力が残っていないことは明白だったじゃないか!!」

王太子のセリフから、彼は食事をしようとした聖獣が誤ってマグマに落ちたのだと考えていることに気付く。

けれど、私にはそう思えなかった。

「違うわ」

先ほど、聖獣は真っすぐ火口に向かっていき、そのまま飛び込んだのだ。

マグマの上を飛ぼうという意思は全く感じられず、その中に飛び込むことが目的に見えた。

それはなぜ、と考えたところでカドレアの言葉が浮かんでくる。

『聖獣は炎以外を体に入れることはないわ☆☆』

『不死鳥はその名の通り、何があっても死なないのよ。新たに再生するだけ★★☆』

きっと聖獣にとって炎は食事であると同時に、体を癒す薬なのだ。

だからこそ、不死鳥は傷だらけの体を癒そうとマグマの中に飛び込んだに違いない。

けれど、マグマの中に飛び込んだ後の聖獣の戸惑った様子と、全く治癒されていない体を見て、一つの可能性に思い当たる。

――――王家と契約を交わしていたこの100年間、聖獣はリリウム王家の炎のみを食していた。

そうであれば、王家の炎が最も体に合うような体質に変化していたのじゃあないだろうか。

にもかかわらず、聖獣自身がそのことに気付いていないのだ。

リリウム家と契約するまでは聖山の炎を食べていたので、その炎を食べ続けても体調が整うと考えているのだろう。

けれど、体の方は既に聖山の炎が合わなくなっていたため、聖獣がどれほど聖山の炎を食べても体調は戻らず、そのことを理解していない聖獣は、ただただ炎を食べ続ける悪循環に陥っていたのだ――火口のマグマが目に見えて減少するほどに。

最近の聖獣は常に聖山に留まり、マグマの炎を喰らい続けていると王太子が言っていたため、私の推測は間違っていないように思われる。

ということは、聖獣が弱っていた原因も同じところにあるのかもしれない。

――１００年経《た》てば生態は変わる。

そう考えた時、私の頭の中でかちりと音がして、何かが一つはまったような感覚に襲われた。

それはかつてフリティラリア城で体験した感覚と同じもので――あるいは、虹樹海で体験した感覚と同じもので――どちらの時も、その感覚が私に正しい道を教えてくれたため、その感覚に集中しようと目を瞑る。

１００年もの長い間、王家の炎のみを食べ続けた聖獣は……。

だから、体質が変わって……。

かちりかちりと頭の中が整理されていき、必要な情報を取捨選択していく。

その結果――先日、リリウム城で手に取った、王国古語の教科書の一説が頭に浮かんだ。

『あまねく癒しを与える光、白き炎の中から蘇《よみがえ》らん』

リリウム城で教科書をぱらぱらと眺めていた際には、記してあるたくさんの文章のどれもがそれらしく見えて、一つを選び取ることができなかった。

けれど、頭の中が整理されたことで、正しい文章を選択することができるようになったのだ。

……ああ。

やはりこの世界は平等で、失うべき時には必ず救うべき道が用意されているのだ。

ただし、前回同様に救いの道は絶対に分からないように隠蔽されているので、誰もが気付き得ないだけで。

――――だって、誰が考えるだろう？

唯一の救う方法が、聖獣に火魔術を浴びせることだなんて。

私は真っ青になっている王太子を見つめると、聞き間違うことがないようにと、きっぱりはっきりと口にした。

「王太子殿下、火魔術で聖獣を包んでください！」

私の言葉を聞いたエルネスト王太子は、間髪をいれずに言い返してくる。

「正気か!?　聖獣を攻撃できるはずがないだろう!!」

当然の主張ではあるものの、私は自信満々に前言を補足した。

「できますよ！　向こうに見える紫の『世界樹《ユグドラシル》の羅針石』には『あまねく癒しを与える光、白き炎の中から蘇らん』と書いてあるんです！　『白き炎』というのはきっと、『白百合』を家紋とするリリウム家の炎のことですから」

「なっ……！」

私の言葉を聞いた王太子は、驚愕した様子で目を見開いた。

◇　◇　◇

恐らく、私の推測は当たっていると思う。

先日、リリウム城の図書室で見た王国古語の中の一節。

『あまねく癒しを与える光、白き炎の中から蘇らん』というのは、今の状況を指すのだ。

そして、その一節が『世界樹《ユグドラシル》の羅針石』には書き記されているのだろう――誰にも読めない文字で。

「運命の紡ぎ手は手の込んだ悪戯を仕掛けるものね。わざわざ救いの道を用意しているのに、それを誰にも分からないように隠蔽しているなんて」

思わず、愚痴《ぐち》るような言葉が唇から零れ落ちる。

それから、私は地面に横たわる聖獣に視線を向けた。

実際にその状況に陥らないと思い当たらないのは残念な話だけど、ぼろぼろになった聖獣を見て、必要なのは王家の炎だと気付いたのだ。

そして、王国古語の一節と一致することに、王太子の火魔術は発動の瞬間に白い炎がぱっと飛び散るのだから、きっと間違いはないはずだ。

けれど……王太子にとってみたら、何よりも大切な聖獣を自らの魔術で焼き尽くそうとすることは、あり得ない行動に違いない。

それでも、きっとこれが聖獣を救う唯一の方法なのだ。

「殿下、お願いします！」

必死な表情で頼み込むと、王太子は数瞬の間逡巡《しゅんじゅん》した様子をみせたけれど、覚悟を決めたかのようにぎゅっと目を瞑った。

それから、自分の心情を整理しようとでもいうかのように心の裡を声に出す。

「突き詰めて考えれば、私がルチアーナ嬢を信じることができるかどうかだ。……我が王家にとって何よりも大事な不死鳥の生命に関することだというのに、……何とまあ、私はいつの間にこれほど彼女を信用していたのだ」

自嘲めいた声で漏らした王太子の言葉は、私の発言を支持しているように思われた。

すかさず、王太子の決断を称賛するかのように、ラカーシュが王太子の肩に手を置く。

その手の上に自分の手を重ねると、王太子は何かを思い出したかのように苦笑した。

「いや、それだけではなかったな。ラカーシュ、他ならぬお前がルチアーナ嬢のことを『世界樹《ユグドラシル》の魔法使い』だと口にし、傾倒した相手だからこそ、私は彼女を信用するのだろう」

ぽつりとそう零すと、王太子は聖獣に向かって両手を構えた。

「ルチアーナ嬢、君に賭けよう！　先ほど君が見せた奇跡は、魔法使いの手腕と言わざるを得ないような、他の誰も成しえないものだった。しかし、そのこととは別に、いつの間にか私は君を信用していたようだ。だが……私が発生させた炎が原因で不死鳥に何かあれば、私は一生立ち直れないだろうな」

それはそうかもしれないわね、とは思ったものの、他に方法が思いつかないため、一蓮托生《いちれんたくしょう》で乗り越えてもらうしかないだろう。

ターゲットである聖獣を見つめて、王太子が口を開く。

「火魔術〈初の1〉……」

けれど、彼が口にしかけた呪文を聞いて、慌てて言葉を差し挟む。

「王太子殿下、違います！　発動する魔術は初級ではなく、上級にしてください!!」

王太子は驚いた様子で言葉を途切れさせると、信じられないとばかりに私を見つめてきた。

それから、諦めた様子で頭を横に振る。

「何という容赦のなさだ。いちかばちかの要素をはらんでいるにしては、思い切りが良過ぎる」

どうしても独り言をつぶやかずにいられなかったようだけれど、聖獣が求めているのはマグマの炎と同じくらい激しいものなのだ。

上級魔術で生み出した炎でなければ、釣り合わないだろう。

言葉にしなかった私の気持ちを正確に読み取ってくれたようで、エルネスト王太子は唇を歪めた。

「ルチアーナ嬢、君の手が正解だとしても、他の誰だってこれほど大胆なことを考えやしない。……はあ、しかし、唯々諾々《いいだくだく》と従っている時点で、私に何も言う資格はないが」

エルネスト王太子はそう零すと、片手を前に突き出して、もう片方の手を顔の横に構えた。

「**火魔術　〈威の9〉　三火焱主《さんかえんしゆ》!!**」

王太子の言葉とともに、彼の両手の間に白炎が噴き上がる。

その炎はすぐに王太子の手元から離れると、すごい勢いで聖獣に向かっていった。

白炎はそのまま直進していくと、どん！　という破裂音とともに聖獣に直撃する。

それから、ぱっと球状に広がったかと思うと、一瞬にして聖獣の全身を包み込んだ。

息を詰めてそれらの全てを見ていたけれど、白炎に包まれた聖獣は苦しむ様子を見せなかった。

それどころか、余裕がある態度で首を伸ばすと、ゆっくりと自分を包む白炎を見回している。

安心したのもつかの間、聖獣はすぐに不快そうな表情を浮かべると、大きく口を開けて自ら炎を吐き出した。

「えっ？」

一瞬、何事かと驚いたけれど、その行為に思い当たることがあり、はっと息を呑む。

「これはもしかしたら……」

王太子の話では、初めてリリウム王家と契約を結んだ際、聖獣は王家の炎を自分に合うように加工したとのことだった。

もしかしたらこの行為がそれではないだろうか。

聖獣の炎が加わったことで、王太子の白炎に赤と金が混じりだし、まるで不死鳥そのもののような色に変わっていく。

ああ、聖獣がこの炎を食べれば、きっと元気になるわ……と考えた途端、聖獣は突然、高い鳴き声を上げると翼を広げた。

それから、羽ばたくような動作を繰り返す。

「えっ、どうしたの!?」

ばたばたと翼を動かす聖獣は、何かに動揺しているように見えた。

元々、魔物の攻撃で怪我をしていた聖獣は、マグマの中に飛び込んだことでさらに傷付いていたのだ。

そのため、聖獣が暴れるに従って、既にほとんど残っていなかった羽根がさらに抜け落ちていく。

「怪我が酷くなるから、動いてはダメよ！」

そう言いながら行動したことは無意識だった。

途方に暮れたような聖獣の目を見つめながら駆け寄っていくと、聖獣が包まれている炎の中に飛び込み、弱った体を抱きしめたのだ。

聖獣は一瞬、びくりと体を強張らせ、威嚇するかのように大きくくちばしを開いたけれど、ぎゅうっとより強く抱きしめると、ぴたりと動きを止めた。

それから、何かを確認するかのようにじっと私を見つめてきたので、安心させるかのように笑みを浮かべてゆっくりと体を撫でる。

十中八九、私の笑みは引きつっていただろうけれど。

――なぜなら王太子が生み出した炎に包まれたことで、ものすごい熱さを感じていたからだ。

それはもう奥歯を噛みしめて必死に耐えようとしても我慢できないほどの熱さで、声など出せるはずもなかった。

そのため、聖獣を安心させるための言葉を紡ぐこともできず、分かってもらおうと無言のまま聖獣を見つめる。

「ルチアーナ嬢！」

ラカーシュが慌てた様子で駆け寄ってくると、炎から私を救い出そうと手を伸ばしたけれど、いつの間にか炎自体が遮断壁になっていたようで、バチリという音とともに弾かれた。

大丈夫よ、と伝えたくて一瞬だけラカーシュに視線をやったけれど、奥歯を食いしばったままだったので、上手く伝わったかどうかは分からない。

私はもう一度聖獣に向き直ると、ゆっくりゆっくりとその体を撫でた。

私たちを包む炎が熱いのは間違いないけれど、……多分、火傷《やけど》くらいは負っているだろうけれど、聖獣が炎を足したことで成分が変わったのか、私の命を取るものでないことは理解できたため、心は落ち着いていた。

密着しているためか、腕の中の聖獣が震えていることまで感じ取ることができる。

……ああ、聖獣は何かを怖がっているのだ。

それが久しぶりに食したリリウムの炎に違和感を覚えて怖くなったのか、魔物に襲われたことを改めて恐ろしく感じたのかは分からないけれど、私に縋りたいと思うくらい聖獣が怖がっていることは理解できた。

辛抱強く聖獣の目を見つめて撫で続けていると、突然、聖獣はくたりと力を抜いて私にもたれかかってきた。

その瞬間、炎の勢いが弱まったように思われ、私はやっとのことで口を開く。

「大丈夫、大丈夫よ。私が側にいるから怖くないわ」

私の言葉を聞いた聖獣は甘えるかのように私の首元に額をすり付け、……少しずつ、少しずつ小さくなっていった。

「ええっ？」

何が起こっているのか分からない。

けれど、再び炎が強まったかと思うと、聖獣の全身に炎が集まり始めた。

まるで、聖獣を焼き尽くし、浄化するかのように。

……ああ、これは特別な不死鳥色の炎だから、命を取られることはないだろうけれど、それでもやっぱり炎は全てを滅することができる怖いものだわ。

聖獣を抱きしめたまま、これまでにない熱さを感じて歯を食いしばっていると、時間の経過とともに聖獣はどんどん小さくなっていき、最終的には私の腕の中に収まるほどのサイズになった。

体が小さくなるごとに新たな羽根が生えてきたため、いつの間にか聖獣の全身はふわふわの羽根に覆われている。

何が起こったのか分からずに呆然としていると、ミニ不死鳥は短くなった首を必死に伸ばして私を見上げてきた。

その縋るような目を見て、聖獣の気持ちを理解したように思う。

……これが、カドレアが言っていた再生なのだわ。

『不死鳥は再生する際に古い記憶や過去の全てを捨て去る』とも言っていたから、不死鳥は今、まっさらな状態に戻ろうとしているのだ。

そのことに気付くと、王太子が聖獣の名前を聞き取れなかった理由が分かったように思う。

聖獣は再生の時期に差し掛かっていたのだ。

違うものになろうとしていたので、名前が合わなくなっていたのだろう。

そんな聖獣は今、生まれたてのような状態で、たった1頭でこの世界にいることに恐怖を覚えているはずだ。

だからこそ、王家に隷属していた記憶が未だうっすらと残っている今、その時の安心感と心地よさを思い出して、再び隷属したい気持ちになっているのじゃあないだろうか。

――この子は今、誰かとつながり、安心したいと望んでいるのだ。

そのことを確信した私は、首を巡らせると、エルネスト王太子に向かって叫んだ。

「殿下、今です！　刻印付け《インプリンティング》の応用です」

◇　◇　◇

聖獣を鳥と考えていいのかは不明だけれど、鳥類の雛《ひな》は生まれた直後に見たものを親だと思い込んで、ずっと後を付いていくようになるという。

それと同じように、特定の時期に特定の物事を覚え込ませれば、そのことを学習して体に深く刻み込まれるはずだ。

そんな確信めいた気持ちで、王太子に向かって自信満々に提案する。

「きっと初めて聞いた言葉を名前と思いますから！」

けれど、王太子は動揺した様子で、ふらりと一歩後ろに下がった。

「だが、私は聖獣に届く言葉を知らない」

聖獣は人の言葉を発するとのことだったけれど、これまで聖獣が発したのは鳥の鳴き声のようなものばかりで、人の言葉ではなかった。

さらに、王太子の話では、彼は儀式で聖獣の名前を聞き取れなかったとのことだったので、契約すべき名前が分からない以上、おいそれとは口にできないのだろう。

いかにも真面目な王太子らしい発想だ。

けれど、今が契約すべき千載一遇のチャンスで、このタイミングであればどんな名前であろうとも受け入れてくれるのではないか、と私には思われた。

なぜなら聖獣は以前の記憶を失いかけているのだから、どのような名前を聞いてもそれを「契約すべき自分の名前」と考えて受け入れるように思われたからだ——聖獣自身が隷属したいと思っている今であれば。

「それらしく発言すればいいと思いますけれどね。……『リリウム』！　こんな風に」

私の言葉を聞いた途端、聖獣が大事な言葉を聞いたとばかりに大きく目を見開いた。

そのため、契約が始まったのかもしれない、と慌てて向き直る。

炎の壁に遮られてはいたものの、王太子は私たちの隣に立っていたので、私は片手を不死鳥色の炎の遮断壁につけると、契約内容を述べるために口を開いた。

「さあ、この聖なる山の守り神である不死鳥、あなたに新たなる名を与えるわ。

『リリウム』——この名をもって、あなたはこの名の主であるエルネスト・リリウム・ハイランダーと契約し、彼に従いなさい。

対価として、あなたにはこの世で最も温かい、白百合《リリウム》の炎を与えるわ！」

聖獣の名前を思い出せなかった時に、私は思ったのだ。

どうして簡単に思い出せないような、難しい名前で契約したのかしら、と。

もっと簡単な名前だったら、私だってすぐに思い出したかもしれないし、王太子にとって慣れ親しんだ名前だったら、儀式の際に聞き取れたかもしれないのに、と。

だから、エルネスト王太子が一族の名として引き継いできた『リリウム』を聖獣の契約名にしたら、全て上手くいくんじゃないだろうか。

と、そう考えて新たな聖獣名を与えた私の目論見は上手くいったようで、聖獣は小さなくちばしを開いた。

それから、人の言葉を口にする。

「その契約を受け入れよう。

我、《リリウム》はエルネスト・リリウム・ハイランダーと契約を結ぶ」

聖獣の言葉が響いた瞬間、エルネスト王太子は雷に打たれたような表情を浮かべたけれど、すぐにはっとした様子で地面に片膝をついた。

それから、片手を伸ばしてくると、炎の壁ごしに聖獣を抱いている私の手に触れ、凛とした声で言葉を紡ぐ。

「私、エルネスト・リリウム・ハイランダーは、聖山の主である不死鳥《リリウム》と契約を結ぶ」

王太子が契約の言葉を言い終えた瞬間、ひときわ大きな不死鳥色の炎が噴き上がった。

炎の内側にいたことで、これまでにない熱さを感じ、体中が干上がるような気持ちになった私は、ぎゅっと唇を引き結ぶ。

ぱちぱちと間近で何かが燃える音がしたため視線をやると、髪が先端から燃えていた。

服も靴もゆっくりと燃え始めており、手や足に火傷が生じ始める。

自分の体が燃えているというのはすごい恐怖で、必死で奥歯を噛みしめていなければ、かたかたと歯が鳴りそうな心地だったけれど、私は必死で恐怖心を抑えつけた。

黙って耐えていると、腕の中の聖獣がまるで甘えるかのように身を寄せてくる。

――ああ、この子も怖くて心細いのね。

そして今、この子は契約に基づいて、その名を自分に定着させようとしているのだから、動くわけにはいかないわ。

「ルチアーナ嬢!!」

燃え始めた私を見て、ラカーシュが必死な様子で炎の遮断壁を叩《たた》いたけれど、どんどんと鈍い音がするだけで壊れる気配はなかった。

炎の中に聖獣と私がいるので、彼の火魔術でこの炎を破るといった荒業を取ることもできないようで、絶望的な表情で私を見つめている。

同様にエルネスト王太子も真っ青な顔になると、慌てた様子で己の魔術を解除しようとした。

「ダメよ!」

まだ契約は完了していないように思われたため、私はまだ耐えられると制止の声を上げたけれど、王太子は聞き入れることなく放った魔術を解除した。けれど。

聖獣が王太子の魔術に己の炎を足したためか、王太子が魔術を解除した後も不死鳥色の炎は歴然とその場に存在し続け、私と聖獣を包み続けていた。

「どういうことだ？　なぜ解除できない!!」

王太子は大声で叫び、どんと炎の防御壁を叩いたけれど、それでも炎の壁が壊れることはなかった。

不死鳥色の炎はどんどんと髪を燃やしていき、私の髪は肩ほどの短さになってしまう。

この炎はさらに髪を燃やして、その後は顔まで上ってくるのかしら、と恐怖を覚えたその時……。

「ルチアーナ!!」

聞き慣れた声が聞こえた。

ただし、ものすごく切迫した声だったけれど。

痛む体を何とか動かして、振り返った先に見えたのは——サフィアお兄様だった。

39 サフィア・ダイアンサスの宣戦布告

突然、どこからともなく現れた兄は少し離れた場所に立ち、目にしたものが信じられないとばかりに大きく目を見開いていた。

兄の目にどんなものが映っているかは分かっている――炎に包まれながら小さな不死鳥を抱き締めている、全身が燃え続けている私の姿だ。

情けない表情で見返すと、兄は一瞬にして何が起こっているかを把握したようで、ずかずかと大股で近付いてきて、片手を不死鳥色の炎の防御壁に触れた。

それから、聖獣を真っすぐ見つめると穏やかな声を出す。

「やあ、ルチアーナの魔力は心地いいか？　だとしたら、私のものも同じように心地いいはずだ。なぜなら全く同じものだからな。どうだ、感じてみないか？」

聖獣はじっと兄を見つめた後、何かを感じ取ろうとするかのようにふっと力を抜いた。

その瞬間、炎が弱まったような感覚を覚える。

すると、兄は正にそのタイミングを逃さずに右腕を伸ばしてきて――どういうわけか、その腕はずぼりと炎の防御壁をすり抜けた。

多分、兄は片腕にものすごく魔力を纏《まと》わせながら、炎の壁が弱まるタイミングを計っていたのだろう。

そして、ここぞという瞬間に、力技で押し入ったのだと思う。

私の予想が当たっているかどうかは不明だけれど、兄はそのまま右手一本で、私の腕の中から聖獣を取り上げた。

「えっ？」

聖獣が腕の中からいなくなると同時に、私を包んでいた炎が消え去り、代わりに兄が炎に包まれる。

「おおお、お兄様!!」

不死鳥色の炎の熱さは、身をもって知っている。

そのため、驚いて叫んだけれど、兄は平然とした様子で私から離れると、まるでぬいぐるみであるかのように聖獣の首根っこを摑んで自分の顔の前にぶら下げた。

それから、聖獣に向かって苦情を述べ始める。

「いつまで私の妹に甘えているつもりだ！　君は既に雛の姿に戻っている。再生は終了したのだから、その炎を仕舞いたまえ」

灼熱の炎に包まれているにもかかわらず、普段通りの表情と口調を保つ兄の胆力に感心したけれど、そうではないと慌てて兄に手を伸ばす。

「いやいや、おおおお兄様、燃えていますから!!　不死鳥を放してください!!」

ぱちぱちと耳障りな音が響き、不死鳥色の炎に包まれた兄の髪や服が燃えている。

焦る私の言葉が聞こえたようで、兄はちらりと私を見た。

「そうしたら、この鳥はまたお前のもとに向かうぞ。本人を納得させなければ振り出しに戻るだけだ」

いや、お兄様、それは鳥ではなく聖獣です。

お兄様の腕を治してくれるかもしれない、尊貴なる聖獣様ですよ。

そう言葉にしたかったけれど、そうすると兄が聖獣を鳥だと表現したことを強調することになるため、はくはくと声を出せないまま口を動かす。

そんな私は遊んでいると思われたようで、兄はどうしようもないなとばかりに肩を竦めると、再び聖獣に向き直った。

「私の妹を燃やすつもりか？　君の炎はルチアーナを傷付ける」

兄の声は冷静で、言動も普段通りの様子だったけれど、私は焦る気持ちから、兄を包む炎の周りをうろうろと歩き回った。

いくら兄が何も感じていないように振る舞っていても、叫びだしそうなほどの熱さを感じていることは分かっていたからだ。

先ほどまで私も同じ熱さを体験しており、言葉を発することもできないほど苦しくて熱かったのだから。

そして、実際に兄の髪や服が燃えているのだから、兄を包む炎は私を包んでいたそれと同じくらいの強さのはずだ。

けれど、兄は炎に包まれる自分のことは一顧だにしなかったため、兄がダメならば聖獣に頼むしかないと、私は強い口調で言い付けた。

「リリウム！　炎を仕舞いなさい!!」

すると、小さな不死鳥は驚いたように目を見開き、両翼を広げた。

その途端、聖獣の動作が何かのスイッチでもあったかのように、兄と不死鳥を包んでいた炎が一瞬にして消えてなくなる。

代わりに、兄と不死鳥はキラキラとした輝きに包まれた。

それは先日、ラカーシュとともに目にした『癒しの欠片《かけら》』に似ているようで、全く別の物だった。

眩《まぶ》しすぎて目を開けていられないほどの輝きを放っていたのだから。

けれど、そんな中でも何とか目を開けて周りを見回していると、兄の左腕部分が一層激しく輝いていることが見て取れた。

私ははっと息を呑むと大きく目を見開き、瞬《まばた》きもせずに兄の腕を見つめる。

すると――――ぺしゃりと潰れていた兄の左腕部分の服が、少しずつ少しずつ膨らみ始め……袖から兄の左手が現れた。

「お……お兄様の腕が…………」

私は思わず兄に駆け寄ると、兄の左腕を摑む。

すると、そんな私の上にもキラキラとした輝きが降り注ぎ、体中にあった火傷の痕を消していった。

「わあ、すごい」

じくじくとしていた痛みまでもが、一瞬にしてすっと消えてなくなる。

嬉《うれ》しくなって顔をほころばせると、私はもう一度、兄の左腕を摑んだ手に力を込めた。

すると、そこには間違いなく失っていたはずの兄の腕があり、ほんのりと温かかった。

「お兄様、腕が戻りました!!」

笑顔を浮かべて見上げると、兄は摑んでいた聖獣を地面の上にぽいと降ろした。

どうやら私を燃やしたことを快く思っていないようで、その手つきは乱暴ではなかったけれど丁寧でもなかった。

聖獣に対して少々不敬じゃないかしら、と呆れた気持ちになったものの、それ以上に兄の腕が戻ったことに対する喜びの気持ちが大きかったため、満面の笑みを浮かべる。

すると、兄は私の笑顔を見て嬉しそうな表情になった。

まるで私が喜んでいることが、喜ばしいとでもいうかのように。

「ああ、ルチアーナ、お前のおかげだ」

そう言うと、兄は着用していた上着を脱いで私に着せ、きっちり全部のボタンを留めた。

不死鳥色の炎で服の一部が燃えてしまったため、そこここと露出していた肌を隠そうとしてくれたようだ。

兄の服も燃えて破れた部分があったけれど、上手い具合に私の肌を隠してくれる。

兄の左腕が戻ったことで、私に上着を着せる動作もスムーズになっており、そのことがすごく嬉しい。

喜びの気持ちのままお礼を言うと、兄は悪戯っぽい表情を浮かべた。

嫌な予感を覚えて一歩後ずさろうとしたけれど、それよりも早く兄が両手で私の腰を摑むと、小さな子どもででもあるかのように軽々と抱き上げる。

「お、お兄様？」

驚いて呼びかけたけれど、兄は素知らぬ振りをすると、私を抱えたままぐるりと体を回転させた。

「おおお兄様‼」

「ははは、腕が戻ったぞ！　これでまた、私はお前を抱きかかえられる」

えっ、喜ぶところはそこなのかしら？　と驚いたけれど、兄は丁寧な手つきで私を地面に降ろすと、からかうような表情で目を細める。

それから、感心したような声を出した。

「ルチアーナ、お前はすごいな。王家の名で聖獣を縛るなど……誰も考え付かない悪魔の所業だ。これで聖獣は絶対に、リリウム王家から逃げ出せなくなったぞ」

◇　◇　◇

先ほど、聖獣を「リリウム」と呼んだ時に、兄が酷く顔をしかめていたので、どうしたのかしらと思ったけれど、どうやら『聖獣に何と酷い名前を付けたのだ』と考えていたようだ。

今さらそんなことを言われても、既に名付けは終了してしまったからどうしようもないわよね。

そう考えて返事ができずにいると、兄が私の頭の上にぽんと片手を乗せた。

「ルチアーナ、お前は本当にすごいな。聖獣を再生させ、失った私の腕を取り戻してくれたのだから。お前以外の者は決してできないことだ」

そう言うと、兄は私の額にこつりと額をくっつけてくる。

突然の接触にびっくりして目を丸くすると、兄は優しい笑みを浮かべ、心に染み入るような麗しい声でお礼の言葉を口にした。

「ありがとう、ルチア」

体の一部がくっついていたからか、その部分から兄の素直なお礼の言葉がしみ込んでくるような気持ちになる。

基本的に兄はふざけているけれど、大事な時にはいつだって、素直な気持ちを言葉にしてくれるのだ。

だから、お礼を言われた私はとっても嬉しくなった。

「どういたしまして。でも、元々は私が」

「そう、私が可愛《かわい》らしい妹に傷一つ付けたくなくて、無茶をしたということだ」

腕が戻った今ですら、兄は片腕の喪失の原因を私にはしたくないようだ。

ちょっと甘やかし過ぎじゃないかしらと考えていると、兄は片手を私の髪に滑らせた。

何度もゆっくりと髪を撫でるので、乱れているのかしらと心配になったけれど、兄が気になっていたことは別のことのようで、髪の一房を手に取ると唇を歪める。

「腕が戻ったことはありがたくも喜ばしい話だが……その代償が、お前が火傷を負った痛みであり、短くなった髪だというのであれば、代償が大き過ぎる」

「はい？」

言われた意味が分からない。

兄は手に取った髪を指に巻き付けると、寂しげな笑みを浮かべた。

「ルチアーナ、あれほど美しかったお前の髪が、肩までの長さになってしまった。私の腕以上の酷い損失だ」

「ええ、髪ですよね。また伸びますね」

確かに腰まであった私の髪は燃えてしまい、ずいぶんと短くなってしまったけれど、時間が経てば元に戻るのだ。

そのため、兄は何を言っているのだ、と思いながら常識的な答えを返したけれど、兄は後悔したような表情のまま見返してきた。

その眼差《まなざ》しに、私の言葉に反対する意思をまざまざと感じ取ったため、訳が分からずに首を傾げる。

よく見ると、兄の麗しい青紫の髪も、炎に焼かれて短くなっていた。

それなのに、どうして私の髪だけをそんなに気にするのだろうか。

兄の心情を上手く理解できずに、ぱちぱちと瞬きを繰り返していると、エルネスト王太子とラカーシュが慌てた様子で近寄ってくるのが見えた。

「サフィア殿、尽力に心から感謝する！」

開口一番、感謝の言葉を口にした王太子を、兄はにこやかに見つめた。

「やあ、大したことではありません。ところで、私はこの場所まで魔術陣で来たので、妹を連れて帰ってもよろしいですか？　あいにく2人用なので、お二方とはご一緒できませんが」

しかし、会話が始まったばかりだというのに、兄はこの場を離れる許可を取り始めた。

それはさっさと会話を切り上げたいとの意思表示にも取れるものだったため、いつだって完璧に対人マナーを守る兄らしくないと、内心で小首を傾げる。

「ああ、もちろん私たちのことは気にしなくて結構だ。ルチアーナ嬢は疲労しているから、一刻も早くこの場から連れて戻ってもらうのならばありがたいことだ」

「寛大なお言葉に感謝します。それでは、妹が疲れているようですので、これで失礼します」

その言葉とともに、兄は私の腰に手を回すと踵を返そうとしたけれど、それより早く王太子が焦った声を上げる。

「待ってくれ！」

そこで初めて、王太子の顔色が真っ青になっていることに気付く。その隣に立つラカーシュの顔色も。

「もちろん、一刻も早くルチアーナ嬢を連れて帰ることが正しいのだろうし、そのことは十全に分かっているが、ルチアーナ嬢と少し話をさせてくれないか。それから、サフィア殿、君とも。私はとんでもないことをしてしまったため、謝罪を……」

言いかけた王太子の言葉を、兄はにこやかに遮った。

「不要です。受け入れるつもりも、許すつもりもありませんので」

びくりと体を跳ねさせたエルネスト王太子とラカーシュは、同時に顔も強張らせたけれど、それは私も同じだった。

え、お兄様は何を言っているのかしら？

貴族社会において、身分の上下は絶対だ。

ましてや相手は王族で、さらに言うならば、将来間違いなく国の頂点である国王になる立場の王太子なのだ。

その王太子を「受け入れるつもりも、許すつもりもない」？

お兄様は何を言っているのだ!!

「お、お兄様、私は疲れていませんので、話をするくらい大丈夫ですよ」

「不要だ。今この瞬間に話さなければならないことなど一つもない」

兄はあっさりとそう言い切ると、再び私の腰に手を回して歩き出そうとした。

そのため、私は無理矢理その手を外させると兄に向き直る。

「お兄様、私がお2人と話をしたいのです！」

「……2人の罪悪感を軽くするために、彼らの懺悔《ざんげ》を聞いてあげるのか？　そんな慈悲が必要か？」

真剣に頼み込む私に対して、兄は再び反対の意を示した。

というか、短い言葉の中に好戦的な単語が交じり過ぎていて、兄は一体どうしたのかしらとハラハラする。

そんな私の心情を分かっているだろうに、兄はさらに好戦的な言葉を口にした。

「失態を犯した場合、内省して二度と同じ過ちを犯さないようにと努力すべきだ。力を向けるべき方向はそちらだ。安易に謝罪したとしても、罪悪感が軽くなるだけで状況は改善しない」

兄の口調はあくまで穏やかだったけれど、言葉の底に激しい感情が隠されている気がして、心臓がどきどきしてくる。

「お、お兄様、先ほどからどうしたのですか？　失態を犯した者など、ここには1人もいませんよ」

しかし、兄が答えるよりも早く、エルネスト王太子が会話に割り込んできた。

「いや、ルチアーナ嬢、私が失態を犯したことは間違いない。貴族令嬢である君に怪我を負わせたのだから」

続けて、ラカーシュも後悔に満ちた声を出す。

「私も同罪だ。私はこの地での君の安全を完璧に保証するとサフィア殿に約束したのだ。しかし、実際には君に大いなる被害を負わせてしまった」

2人の言葉を聞いた私は、目を丸くする。

なぜなら2人の言葉は事実ではなかったからだ。

王太子とラカーシュは明らかに、私をできるだけ戦闘に巻き込まないようにと努力していた。

そんな中、私が自ら不死鳥色の炎に突っ込んでいったのだから、火傷をしたのも髪が短くなったのも自業自得なのだ。

結局のところ、私の怪我は2人に負わされたのではなく、自ら負ったものなのだから。

けれど、兄は私と異なる意見を持っているようで、2人の言葉に同意する様子で大きく頷いた。

「やあ、現状把握ができているようで安心しました。それでは心行くまで内省して、次回に活かせるよう努力してください。では」

表情も声も穏やかだけれど、取り付く島もないとはこのことだろう。

再び歩き出そうとした兄の腕をがしりと掴むと、私はふるふると首を横に振った。

「ちょっと待ってください、お兄様！　落ち着いてください」

今のお兄様は、悪役令嬢の私よりも危険ですよ!!

前世の記憶が蘇って以降、私はずっと悪役令嬢である自分の立場に怯えていた。

いつかゲームのヒロインが現れて、彼女を陥れた罪で超高位者から断罪されるんじゃないかと心配していたのだ。

けれど、事ここに至って、本当に心配すべきなのはお兄様だったのかもしれないという気持ちになる。

兄は一見だらしなくて飄々《ひょうひょう》としているけれど、実際は有能で思慮深いから、対人関係で間違うことはない、と絶対の信頼を置いていた。

けれど、私の髪が短くなったくらいでこれほど頑《かたく》なな態度を取るなんて、大げさ過ぎるのではないだろうか。

そう言えば……と、嫌なことに思い当たる。

これまで私に関することで、兄が計算高いと思ったことは一度もなかった。

もしかしたら兄は計算ができるけれど、計算すべき時にも計算しない場合があるのかもしれない。

元々がとんでもないハイスペックのうえ、利害も立場も無視してやりたいことをやるとしたら、一番厄介なタイプに違いない。

「えっ、そんなの誰も手に負えないわよね」

あくまで穏やかな表情を浮かべながらも、妥協する様子を見せない兄にそろりと視線を移したけれど……微笑んでいるようでちっとも微笑んでいない表情が確認できたため、絶望を覚える。

……ああ、どうしよう。お兄様が正面切って王太子とラカーシュに喧嘩《けんか》を売っているわ。

こうなったら、誰の手にも——もちろん私の手にも負えないわ。

◇　◇　◇

正解が分からないながらも、このまま兄とともにこの場を去るとまずいことだけは理解していたため、私は目の前に立つ3人の顔を代わる代わる見やった。

見上げた先で、王太子とラカーシュは緊張した表情を浮かべており、兄の発言に大きな衝撃を受けている様子だ。

一方の兄は、いつも通りの穏やかな表情を浮かべ、声だって決して荒らげてはいないのだけれど、怒りを覚えていることは明らかだ。

兄の発言内容から推測するに、普段にない態度の原因は私の火傷と短くなった髪で、その場に居合わせながら防げなかった王太子とラカーシュに憤りを覚えているようだ。

けれど、……それだけのことで、ここまで兄が普段と異なる態度を見せるだろうか。

火傷は既に治ってしまったし、髪はいずれ伸びるのだから。

そう不思議に思っていると、意を決した様子のラカーシュが兄に向かって声を上げた。

「サフィア殿、私はこの地におけるルチアーナ嬢の身の安全を君に約束した。しかしながら、実際には彼女に多くの火傷を負わせたうえ、美しい髪を失わせてしまった。そのことに対して君が憤る心情は理解できる。そのため」

けれど、ラカーシュが話している途中で兄が笑い声を上げる。

緊張した様子で口を噤んだラカーシュが見つめる中、その場の雰囲気にそぐわない楽し気な笑い声を収めた兄は、それでもおかしそうな表情を浮かべていた。

「私の心情を理解できる？　できるはずないと思うがね。同じ場面に遭遇しても、私と君では異なる行動を取る。そうであれば、同じ場面における私と君の考えは異なっていると考えるのが自然だろう。私の心の動きを理解できるはずもない」

そう言うと、兄はわずかに目を細めた。

「君たちの言葉は軽すぎる」

それは2人がこれまで誰にも言われたことがない言葉であると同時に、最も言われたくない言葉だったに違いない。

なぜならエルネスト王太子とラカーシュは誇り高く真面目で、責任感が強いからだ。

そんな2人はいつだって、自分たちが口にしたことは必ず守ってきたはずだし、そのことに誇りを持っていたはずだから。

体を強張らせる2人に視線をやることなく、兄は淡々とした声を出した。

「今回の件を除き、ルチアーナはこれまでに2度、危険な目に遭った」

「……ああ」

半拍ほど遅れて、ラカーシュが兄の言葉に相槌《あいづち》を打つ。

唐突に私の話を始めた兄の意図は読めなかったけれど、確かにその通りねと、私も心の中で兄の言葉に同意した。

1度目はフリティラリアの城で双頭緑蛇《シャムサーペ》に、2度目はカドレア城で東星《カドレア》に襲われたのだから。

でも、それが今の状況と何の関係があるのかしらと考えていると、兄はさらりと言葉を続けた。

「しかし、そのどちらにおいても、ルチアーナは傷一つ負っていない」

それも兄の言う通りだ。

どちらの場面にも兄が居合わせて、最終的には私を助けてくれたのだから。

そう考えて、またもや兄の言葉に同意していると、兄は当然のことのように言葉を続けた。

「それが、守るということだ」

兄の声は静かだったけれど、その言葉には力があり、兄が発言し終わると同時にその場に重苦しい沈黙が流れる。

悔いる様子で俯く王太子とラカーシュを見て、私は慌てて兄を振り仰いだ。

い、いや、お兄様、その通りですけど！

全くの正論でぐうの音《ね》も出ませんけど、それは要求すべきことではないんですよ!!

なぜなら兄が要求したことは、兄が持つ圧倒的な魔術があって初めて可能になることで、普通は誰も実行できないことだからだ。

「お兄様、お2人は学せ……」

それを学生の身の2人に言っても……と思ったけれど、兄自身も学生の身だったため、これは言えないことだわと開きかけた口を閉じる。

それから、別の角度から考え直すことにした。

そもそも2度の危機において、私は怪我をしなかったけれど、代わりに兄が大きな怪我をしたのだ。

つまり、自分を犠牲にして初めて成り立つ行動のため、そんな行動を要求すること自体が間違っているのだ。

しかも、相手は次期国王のエルネスト王太子と、次期筆頭公爵のラカーシュだ。

この2人こそが、大勢の者から身を守られるべき高貴な存在なのだから、私を守っている場合ではないだろう。

「お兄様、お2人は王族と高位……」

それを超高位者の2人に言っても……と思ったけれど、兄自身も次期侯爵という高位者だったため、このことを口にしても説得力がないわねと開きかけた口を閉じる。

うーん、こうやって考えれば考えるほど、兄の存在自体が非常に希少なものに思われる。

というか、これほどハイスペックで、本人自身に高い価値があるにもかかわらず、自らの身を投げ出してまで私を守ってくれる者なんて、兄以外にいやしないのじゃないだろうか。

そう考えたところで、突然ありがたみが胸に染みてくる。

「うっ、何だか感動したわ」

兄から大事にされていることを実感して、じんとしたのだ。

お兄様が2人に要求していることは度が過ぎているけれど、それは全て私を想ってのことだと分かったため、申し訳なくも嬉しい気持ちになる。

「ううう、お兄様、心配してくれてありがとうございます。私も絶対にいつか同じ思いやりをお返しします」

兄にそう約束すると、私はもう一度兄の腕をがしりと摑んだ。

お兄様の私を想う気持ちが強過ぎて、エルネスト王太子とラカーシュに憤りを感じているのならば速やかに解消すべきよね、と強く思いながら。

だって、優しい気持ちから発したものが、相手を傷付けるなんて間違っているもの。

「お兄様、心配していただきありがとうございます。でも、エルネスト王太子殿下とラカーシュ様は必死に私を守ってくれたんですよ」

兄が目にしなかったであろう場面を、分かってほしくて説明する。

「…………」

私の言葉は聞こえているだろうに、兄は返事をしなかった。

恐らく、努力をしても結果が伴わなければ意味がないと思っているのだろう。

おかしいわね。普段であれば、結果が伴わなくても努力を認めてくれる兄なのに、と首を傾げる。

私が炎に包まれているところを見たため、普段とは異なる精神状態にあって、思考回路も普段とは違うものになっているのだろうか。

そう考え、今すぐに兄を全面的に納得させるのは諦めることにする。

代わりに、私は兄が叶えやすい願いを口にした。

「お兄様、王太子殿下に話があるので、少しだけ……ほんのちょっとだけ待ってもらってもいいですか？」

つい先ほど、同じような願いを口にした時は却下されたけれど、今回は『少しだけ』と強調したのがよかったのか、兄は小さく頷いた。

「ああ」

そのため、私は兄の気が変わらないうちにと、急いで王太子に向き直る。

それから、王太子に向かって頭を下げた。

「王太子殿下、ありがとうございました！」

勢い込んでお礼を言うと、王太子は眉間に深い皺《しわ》を刻んで考える様子を見せた後、聞き返してきた。

「……何だって？」

しんとした夜の会話だ。

王太子は絶対に私の言葉が聞こえたはずだ。

それなのに聞き返してきたということは、お礼を言われる理由が分かっていないのかもしれないと、私は感謝の気持ちが伝わるように笑みを浮かべる。

「殿下の聖獣のおかげで、兄の腕を治すことができました。本当にありがとうございます。それから、聖獣と契約できてよかったですね。おめでとうございます」

私の言葉を聞いた王太子はたっぷり3秒ほど黙った後、信じられないとばかりに首を横に振った。

「……何を他人事《ひとごと》のように言っているんだ。全ては君のおかげだろう」

「えっ？」

「君のおかげで、私は宿願だった聖獣と契約することができた。このことは私の人生を懸けた願いだったから、私の方こそ心から君に感謝する」

そう言うと、王太子は――――王以外には絶対に頭を下げるべきではない世継ぎの君は、私に対して深く頭を下げた。

◇　◇　◇

「ええっ、お、王太子殿下!!」

あってはならない行為が目の前で発生したため、私は驚愕の声を上げた。

あまりにもあんまりな事態に私の声は裏返っており、その普段にない声を聞いた王太子は私の心情を理解してくれたのかさっと顔を上げる。

それから、真剣な表情で見つめてきた。

「ルチアーナ嬢、私自身が楽になりたいがために口にすると考えてもらって構わない。しかし、せめて君に謝罪させてくれ。君を守り切れず、火傷を負わせてしまい申し訳なかった」

まあ、王太子は相変わらず高潔ね。

なぜなら王太子は最大限に私を守ろうとしてくれたし、そのことを自分でも自覚しているだろうに、結果が伴わなかったがために、守りが不十分だったと言い出したのだから。

でも、これは私の自業自得なのだ。

「いえ、私が自ら不死鳥色の炎に突っ込んでいったのですから、全ては自業自得です。殿下が謝罪することは一つもありません」

きっぱりとそう言い切ったにもかかわらず、王太子は顔を歪めた。

そのため、王太子は本当に責任感が強いわね、ここまで私が言ってもまだ自分の責任だと考えているのかしらとびっくりする。

だとしたら、お礼の言葉に切り替えた方が受け入れてもらえるかもしれないわと、努めて明るい表情を浮かべた。

「確かに少し熱かったですけど、兄の腕ごと殿下の聖獣が治してくれましたわ。ですから、私の望みは叶いました。一時的に負った火傷など問題にもなりません」

王太子は今度こそ、私の言葉を聞いて安心するかと思ったけれど、別の角度から後悔し始める。

「しかし、君が味わった苦痛は消せやしない」

「それはそうですけど……私は嫌なことをすぐに忘れるタイプなんです。痛みの記憶はすぐに薄れるので、気にしないでください」

これ以上王太子に気にしてほしくないという気持ちは多分に含まれていたものの、実際に私は嫌なことを早めに忘れるタイプなのだ。

だから、全く問題ないのよねと思って王太子に笑いかける。

けれど、王太子が笑い返すことはなく、変わらず後悔に満ちた表情を浮かべていた。

「私が君に対して謝罪すべきことは他にもある。私が犯した最大の失態は、君の髪が短くなったことだ。長い髪は高位貴族のご令嬢としてのあるべき装いなのに、私はそれを失わせてしまったのだから」

兄もエルネスト王太子もラカーシュも、とんでもないことが起きたとばかりに短くなった髪を話題にするけれど、そんなに問題かしら？

……と考えたところで、『確かに問題ね』と結論が出る。

なぜなら貴族令嬢にとって、長く美しい髪は貴族の証《あかし》であり誇りなのだから。

そもそも日常生活において、長い髪は邪魔になる。

そして、長い髪を常に美しく保つにはお金がかかる。

つまり、貴族令嬢の長く美しい髪は、財力があり、多くの侍女や侍従を雇う家の出であることを示す証なのだ。

そのため、伯爵家以上の高位貴族の令嬢の中に、理由なく短い髪をしている者は1人もいない。

だからこそ私も、幼少期よりずっと長く美しい髪を保っていたのだ。

そんな中、もしも私が短い髪を披露したら、社交界ではそのこと自体を瑕疵《かし》と見なされるだろう。

「うっ、そう言われれば確かに問題ですね。この髪では高位貴族の令嬢として、失格だと言っているようなものですものね」

というか、お母様はおかんむりになるだろう。

下手をすると、ある程度の長さに髪が伸びるまで、侯爵邸か修道院に閉じ込められるかもしれない。

それはまずいわと、両手で髪を撫で下ろしながら髪の長さを再確認する。

……短いわね。

貴族社会はある意味足の引っ張り合いだ。

私の短い髪は間違いなく多くの人々に付け入る隙を与えるだろうし、たくさん陰口を叩かれるだろう。

とは言っても、私自身は今さら気にしないのだけれど。

「ルチアーナ嬢、君は身を張って不死鳥を救ってくれた。おかげで、私は宿願であった聖獣との契約を成すことができた。そのことは感謝してもしきれない、が……」

王太子は苦し気な表情で言葉を途切れさせる。

「代わりに君の美しい髪を失わせてしまった。せめて君には一切瑕疵がなく、君の髪が短くなった原因は、国のためを思った尊き行動にあることを表明できればいいのだが……」

再び言葉を詰まらせた王太子の心情は理解できた。

「尊き行動にあることを表明できればいいのだができない」とはっきり言うことが躊躇《ためら》われたのだろう。

なぜなら私はしょせん一侯爵令嬢に過ぎないのだから、王太子の立場の者が特別に目を掛けるわけにはいかないし、ましてや短くなった髪の理由を王太子自ら説明することもできないのだから。

国民も貴族も、王家がずっと途切れることなく聖獣を従えてきたと信じている。

にもかかわらず、実際には数年間契約が切れていた時期があり、再契約をする際に私の髪が短くなった……というのは、絶対に表に出せない話だ。

その話を聞いた者は皆、王家に裏切られたと感じるだろうから。

では、聖獣のことを隠した場合、……立派な理由もなく、私の短い髪に王太子が関わっていると分かったならば、酷い騒動になるはずだ。

『ルチアーナ嬢は王太子にとってどのような存在なのか』と取りざたされるだろうし、噂《うわさ》の風向きによっては、私がより非難される場合があるだろうから。

王太子と同じように、私自身もそんな未来は望んでいなかったため、きっぱりはっきりと言い切ることにする。

「聖獣を救おうとしたのは私の意思です！　この髪は私の決断です」

「しかし！」

なおも食い下がろうとする王太子に、私は努めてにこやかに質問した。

「王太子殿下、私の短い髪は見苦しいですか？」

「そんなことはない！」

王太子は反射的に言い返したものの、一旦落ち着こうとでもいうかのように、じっと私を見つめてきた。

高位貴族のご令嬢は全員、腰までの長い髪を保っている。

王太子がこれまで目にしてきたのはそれらの姿ばかりだから、私の肩までの髪は異質なものに映るだろう。

だから、見苦しく見えるのかもしれないわ、と考えながら王太子の言葉を待っていると、彼は私に視線を定めたままごくりと唾を飲み込んだ。

「いや、………とても美しい。……君の髪は、これまで見た中で一番美しいと思う」

王太子の言葉が心からのものに聞こえたため、数多くのご令嬢を目にしてきた王太子から褒められるなんて、私も捨てたものじゃないわねと嬉しくなる。

そのため、自然と笑みを浮かべながら王太子を見つめた。

「ありがとうございます。そうであれば、憂うことは何もありませんわ」

私の表情を見た王太子は絶句したように口を噤むと、なぜだか頬を赤らめる。

その姿を見て、あら、案外王太子は短髪が好きなのかしら？　と、意外に思ったのだった。

◇　◇　◇

王太子が短髪の女性を好きだとしたら意外だけれど、彼の立場であれば結婚相手は高位貴族のご令嬢になるだろう。

だから、短髪の者を相手に定めるのは難しいのじゃないだろうか。

そう考えていると、王太子がさらに言い募ってきた。

「ルチアーナ嬢、君の短い髪は美しい！　私はそう考えているし、君がその髪型を受け入れてくれた潔さに感服している。しかし、貴族社会はそうではない。長い髪は高位貴族のご令嬢の常識だ。髪が短いというだけで君を侮る者が出てくるだろうし、男性陣は君を避けるかもしれない」

うーん、王太子の心配はごもっともだけど、悪役令嬢だったこれまでの態度が酷過ぎたせいで、元々、真っ当な男性からは避けられているのよね。

それに、そもそも前世からこっち、男性関係は得意でないから、近寄られないに越したことはないのよね。

そう考えたものの、そのまま言葉にすると話が複雑になるため、他の言葉で誤魔化すことにする。

私はできるだけ悪役令嬢っぽい笑みを張り付けると、短くなった髪を後ろに払いながら大上段に言い放った。

「その程度で私を判断するような男性、こちらから願い下げですわ！」

すると、私の予想通り、王太子は驚愕した様子で目を見開くと、よろりと一歩後ろに下がった。

それから、頬を染めると掠れた声を上げる。

「何という誇り高さだ……」

「あれ？」

王太子の後半の言動が予想と異なっていたため、これはどういうことかしらと首を傾げる。

想定では、王太子が私の悪役令嬢っぷりに呆れ果て、『それほどふてぶてしい態度が取れるようであれば、これ以上心配しなくてもいいようだな！』と見限るかと思ったのに、少しばかり表情とセリフがズレている。

王太子の表情は私に呆れるというよりも、まるで……。

「ルチアーナ、満足したか？」

思考している途中で兄から声を掛けられたため、私ははっと現実に引き戻された。

そうだった、私は兄を待たせていたのだった。

『王太子殿下に少しだけ話があるから』と、ちょっとだけ時間をもらっておきながら、実際にはこれでもかとたっぷりと話し込んでしまった。

そんな私を、兄は辛抱強く待っていてくれたのだけれど、そもそも兄自身が腕を取り戻したばかりのうえに、私の心配をしたり、火傷を負ったりしたのだから疲弊しているに違いない。

これ以上待たせるわけにはいかないわ。

そう考え、私は慌てて返事をする。

「はい、満足しました！　待っていただきありがとうございます」

すると、兄は私の頭に手を乗せ、くしゃりと髪をかき回した。

「ルチアーナ、悪かった」

「えっ？」

謝罪された意味が分からずに、兄を見上げる。

すると、兄は困ったように眉を下げた。

「お前にはお前の考えや感情があるのに、それを無視して強引に連れて帰ろうとした私が間違っていた。私と違い、お前は少しでも関わりがあった者たち全ての感情を大切にするのだった」

「えっ、いや……」

否定しかけたけれど、確かにそんな八方美人なところがあるかもしれないと思ったため口を噤む。

前世の日本人的な気質が残っているようで、どうしても色んな人の気持ちが気になるのだ。

少なくともこれだけ関わりをもった王太子やラカーシュの感情に無関心でいることは、私にとって難しい。

「あのままお前を連れて戻っていたら、お前は2人の心情が気になって、家で悶々《もんもん》とすることになっただろう。お前が何かを気に病むことは、私が最も望まないことだ。だから、そのような未来を回避するために、お前が私を引き留めてくれて助かった」

「お兄様……」

兄の言葉を聞いて、兄の過保護っぷりが加速しているように思われて言葉に詰まる。

けれど、兄はそんな私を見て、全面的に同意したと考えたようだ。

そのため、兄は私に向かって微笑むと、王太子とラカーシュに向き直った。

「それでは、お二方、今度こそ失礼する。ルチアーナはさほど気にしていないようだが、長髪でなくなった妹が『瑕疵ある令嬢』と貴族社会で見做《みな》されることは間違いない。そのため、輝かしい未来を進んでいくエルネスト王太子殿下とラカーシュ殿には、ご自分たちの品格を保つため、我が妹には近付かないことをご忠告申し上げる」

「なっ、そもそもルチアーナ嬢の髪が短くなった原因は私にある！　それなのに、短い髪を気にするはずがない!!」

「私の気持ちだとて、髪の長さに左右されるものではない!!」

慌てた様子で言い返す2人を冷めた目で見つめると、兄は出来の悪い子どもを見るかのような表情を浮かべる。

「はっきり言うのも憚《はばか》られたので、曖昧な表現をした私が悪かったな。より正確に言うと、今後はルチアーナのためにも、一切妹に近付かないでくれ。殿下とラカーシュ殿は学園内の女生徒の人気を二分している。そんな君たちの隣に立つ女性は、完璧を求められるのだ」

ぐっと言葉に詰まる2人を冷ややかに見つめたまま、兄は言葉を続けた。

「これまでのルチアーナであれば、身分の高さに加えて優れた外見だけは備えていたから、君たちの側にいることに大きな反発はなかった。しかし、今回、外見の優位性が損なわれたからな。にもかかわらず、君たちの側にい続ければ、妹は『分不相応』だと陰口を叩かれ、時には嫌がらせを受けるだろう」

兄の言葉は2人にとって納得できるものだったようで、反論の言葉が返ることはなかった。

「いずれにしても妹の髪は高位貴族の令嬢としては短過ぎる。そのため、しばらくの間、ルチアーナには学園を休ませる」

兄はきっぱりと言い切ると、私を転移陣の上に立たせ、呪文を唱えたのだった。

【SIDE】エルネスト「私の胸に撫子《なでしこ》が咲いた」

私が最も信頼する友であり、従兄でもあるラカーシュは、皆から「歩く彫像」と呼ばれていた。

——血も涙も通っていないから、動く心がないと。

そんなラカーシュは私と対をなす者だ。

白百合と黒百合。

光と影。

全く異なっているようで最も近いもの。

だから、ラカーシュが誰も愛さないのと同じように、私も誰も愛していなかった。

全ての者に平等に接することは、誰も愛していないことと同じだから。

私には特別も唯一も存在しないのだ。

「王が特別や贔屓《ひいき》を作ってはならない。次代の王になる者として、全ての者に平等に接するのだ」

幼い頃からそう教えられ、繰り返されてきた言葉。

それは私の行動の規範となったが、同時に心を縛る枷《かせ》となった。

誰も特別に扱ってはならないということは、誰にも心を分け与えないということで、誰も愛さないということだったから。

しかし、私はルチアーナ・ダイアンサス侯爵令嬢を知ってしまった……。


ルチアーナ・ダイアンサス侯爵令嬢。

高位貴族のご令嬢として評価すると、難ありと言わざるを得ない我儘《わがまま》で怠け者なご令嬢。

そんな彼女だったはずなのに、いつの間にか彼女は別人のように変わっていた。

「常に国のため、国民のためにと思考する、立場に見合った志の高さです。手のひらからずっと消えない火傷の痕が示す、魔術の訓練を怠らない真面目さです。クラスに1人でいる生徒がいたら、自然と声を掛ける優しさです」

簡単に探し出せないはずの私の長所を、彼女はつらつらと並べ立てる。

加えて、綺麗な言葉に覆い隠した私の本音を正しく読み取る。

そのどちらもが、ルチアーナ嬢以外には知り得ない、できない行為に思われたため、私は心底驚かされた。

しかし、それだけではなく、私が長年恥じてきた、発する言葉と内心が一致しない行為を彼女は肯定したのだ。

「殿下は内側と外側の感情が一致しないことは卑怯だと思っていて、相手が嫌いなのに友好的な振りをしていることを心苦しく感じているようですけど、この性質は短所ではありません。長所です。おかげで私は今、殿下と一緒にいることができているんですから」

それは私にとって、ものすごい衝撃だった。

私が恥じてきた行為を、彼女は誇るべきものだと肯定してくれたのだから。

だからこそ、その瞬間、私は大きな衝撃とともに気が付いた。

――ああ、彼女は美しいものを見つめることができる目を持っているのだ、と。

同じものを見つめたとしても、人によってそれは輝いても、くすんでも見える。

そして、ルチアーナ嬢はそれが何事であれ、輝きを見出すことができる目を持っているのだ。

「王族に最も必要な特質だな」

王族の仕事は国民に夢を見せることだ。

この国で暮らすことは安全で楽しくて幸せだと、国民に思わせなければならない。

だから、私とは異なり、何気ない物事の中から輝かしい面を見つけることができ、そのことを示せるルチアーナ嬢は、私の隣に立つ者として一番必要な特質を備えているように思われた。

それから、そんな彼女が側にいて、ともに美しいものを見続ける生活は心地いいだろうなと、素直に思った。

「……が、たとえそうだとしても、ラカーシュの思い人に私がどうこうできるわけもない」

ラカーシュは私にとって一番大事な友だ。

その彼が初めて夢中になった女性を、私が取り合うわけにはいかない。

その時はまだ、冷静にそう考えることができていたのだが……。


――運命のあの日。

彼女は誰もできないほど鮮やかに私を魅了した。

その時、ルチアーナ嬢は私が放った炎に包まれており、通常であれば、痛さと熱さに暴れ、泣きわめく場面だった。

にもかかわらず、ルチアーナ嬢は凛とした表情で顔を上げ、慈愛に満ちた眼差しで不死鳥を見つめたのだ。

その表情を見て、胸が詰まった心地になったことを覚えている。

……ああ、彼女は慈しみに溢《あふ》れている。

人は極限状態に陥った時に本性が現れると言うが、ルチアーナ嬢の本質は優しさだ。

私は今、彼女を心から信じることができる、とそう感じたのだ。

それは不死鳥も同じだったようで、契約相手以外には決して触れさせることがないはずなのに、自ら甘えるかのように彼女に身を寄せた。

貴重で希少なる魔法使いだからではなく、彼女はその優しさでもって不死鳥を魅《ひ》き付けたのだ。

それから、彼女は誰一人思いつきもしないようなアイディアで、聖獣の名前を上書きした。

――一体誰が考えるだろう。

脈々と受け継がれてきた名前ではなく、新たな名前で――我が一族の名前で、契約を上書きしようなどと。

ああ、ラカーシュが言っていたルチアーナ嬢が運命を切り開くことができるというのはこのことなのだと、心が震えるような心地で実感する。

彼女は何もないところに、新たな道を作ることができるのだ。

そのことを理解すると同時に、彼女の側にいたいと強烈に思った。

誰も見たことがない新たな道を切り開く彼女の側にいて、新たな美しい世界を見ていたいと。

しかし、そんな風に夢を見られたのはわずかな時間で、その直後に私は現実に突き落とされる。

ルチアーナ嬢の短くなった髪を見て、己が彼女に強いた犠牲を理解したのだ。

……ルチアーナ嬢は私が渇望していた聖獣との契約を与えてくれた。

あの状況であれば、ルチアーナ嬢自身が聖獣と契約することも可能だったろうに、彼女は私との契約を取り持ってくれたのだ。

私は多大なる恩恵を与えられたが、一方の彼女は、貴族令嬢として最も大事な長く美しい髪を失ってしまった。

彼女の尽力に跪《ひざまず》いて感謝し、彼女が失ったものに対して責任を取りたいが、王太子の身分が私の行動を制限する。

これほど私のために行動してくれたルチアーナ嬢に対して、私は何一つ返すことができないのだ。

己の無力さに打ちのめされ、青ざめる私に対し、ルチアーナ嬢は鮮やかに微笑んだ。

「その程度で私を判断するような男性、こちらから願い下げですわ！」

――その瞬間、彼女の周りがきらきらと光り輝き、美しい花々が舞い散ったように私には見えた。

彼女自身がこの世の全ての美しいものに包まれたような、あるいは、彼女自身がその美しいものであるかのように私の目に映ったのだ。

……ああ、ルチアーナ嬢の何と誇り高いことか。

誰もが当然のように持っている価値観に、彼女は囚《とら》われないのだ。

そして、髪が短かろうが長かろうが、真っすぐに顔を上げ、挑むような微笑みを浮かべる彼女は、たとえようもないほど美しかった。

「……これは無理だ」

血が通っている男であれば、こんなルチアーナ嬢に魅かれないはずがない。

「ああ、……私の胸に花が咲いたか」

ぽつりとつぶやくと、私は服の胸元部分をぐっと掴んだ。

胸の中に温かく咲いた、繊細な花を確認するかのように。

はあっと吐く息が普段よりも熱いのは、胸に咲いた花と無関係ではないだろう。

「こんな気持ちになるものなのか。胸苦しく、甘やかで、そわそわとしたような……貴重なる体験だな」

私は純粋に驚いていた。

私の思考は色々と複雑で、自己防衛本能が強いので、恋に落ちることがあるとは夢にも思っていなかったからだ。

それなのに、間違いようもないほど鮮やかな紫の撫子《なでしこ》が、私の胸に咲いたのだ。

「彼女を誰にも渡したくないな」

それは私の心からの気持ちだった。

ラカーシュの思い人を取り合うことはできないと、冷静に考えていた私はもうどこにもいない。

このわずかな時間に、私は変わってしまったのだ。

「困ったな。これほど感情に流される私は知らない。……私はどうなってしまうのか」

答えはなかった。

しかし、ルチアーナ嬢に変えられた今の私も悪くない、と満足する気持ちが湧き上がってくる。

私は笑みを浮かべると、胸の中に咲いた美しい花を服の上から優しく撫でたのだった。

40 ダイアンサス侯爵邸でのお籠り生活

聖山での戦闘から5日が経過した。

その間、私は兄が宣言した通り、学園を休み続けていた。

そして、現在、ダイアンサス侯爵邸の応接室で、ぐったりとソファにもたれかかっていた。

リリウム魔術学園は自由な校風なので、休むことに問題はなかったのだけれど、侯爵邸に籠りっぱなしの生活に疲れを感じていたからだ。

というのも……。

私は私の隣に座って、何をするでもなくただ私を見つめている兄を半眼で見やる。

「お兄様、先ほどからどうしてずっと私を眺めているんですか？　テーブルの上を見てください。お兄様の好きそうな小難しい本がたくさん積んであるんですから、本を読んだらどうですか？」

――そう。この5日間ずっと、どういうわけか兄は私にべったりとくっついているのだ。

そのため、兄の関心を私からそらそうと、本を勧めてみたけれど、兄は興味を示す様子もなく、私の提案をはねつけた。

「やあ、魅力的な提案ではあるが、お前を眺めているのも楽しいものだ」

全く望んでいない言葉を聞いて、私はさらに目を細めると、兄の真意を確認しようと質問を続ける。

「お兄様は私を監視しているんですか？」

「ははは、まさかそんな」

「では、付きまとっているんですか？」

「一体何のために？」

にこやかに問い返してきた兄ではあったけれど、私は先日、兄妹デートで自然公園に行った時のことを思い出していた。

あの時、兄は左腕の欠損を受け入れたと言い、兄のために私が傷付くとしたら何よりも堪えるから、兄の腕を取り戻すために一切何もしないようにと、私に頼んできたのだ。

けれど、私はどうしても兄の言葉を受け入れることができなかった。

兄が腕を失ったのは私のせいだから、私は何としても兄の腕を取り戻さなければいけないと考えていたからだ。

そうしたら、そんな私に兄は脅しをかけてきたのだ。

『お前は気付いていないが、私はお前に関して狭量なのだ。自由にすることができているのは、お前が完全に私の庇護下にあるからに過ぎない。だから、……これだけは覚えておきなさい。お前に何かあれば、私は金輪際、今と同じ自由を与えることはできないことを』

『本当に、分かっているのか？　お前に何かあったら、私は金輪際お前に付きまとい続けると言っているのだぞ』

そして、私を自由にする条件として、私に『絶対に傷付かないことを証明し続ける』よう要求し、私は了承したのだ。

にもかかわらず、私はあっさりと全身に火傷を負ったうえ、髪まで短くなってしまった。

これはもう、兄が私に『約束を破ったな！』と詰め寄って、宣言通りに付きまとっても文句が言えない状況だ。

そして、実際に侯爵邸に戻ってきてからの5日間、兄はいつだって私の側にいたので、「付きまとっているんですか？」と思わず尋ねたところ、とぼけられてしまった。

多分、兄は私が正面から話を切り出すのを待っているのだ。

そのことに気付いたため、私はぐっとお腹《なか》に力を入れると、覚悟を決めて口を開く。

「お兄様の腕を取り戻す際に傷付かないと約束したにもかかわらず、火傷を負ってしまい申し訳ありませんでした。それから、髪が短くなってしまったことも。ですから、約束不履行のペナルティとしてお兄様が私に付きまとうことも、仕方がないことだと思います」

はっきりと事実をつまびらかにすると、兄はやっと頷いた。

「そうだろうとも」

「ええと、だから、お兄様はご自分で宣言した通り、私に付きまとっているんですよね？」

「その通りだ」

「ですが、もう5日も経ったので満足したんじゃないですか。そろそろ私に付きまとうことを止めたらどうでしょう？」

やんわりと提案すると、兄は無言で見つめてきた。

「な、何ですか？」

「そのようなセリフが出てくるあたり、お前はちっとも私の心情を理解していないのだな。私は自分が満足するためにお前に付きまとっているわけではない。目を瞑るたびに酷い映像が浮かび上がってきて、お前が元気でいることが信じられない気持ちになるため、元気に動いているお前を確認したいだけだ」

兄の声が苦し気だったため、私は兄の心情を理解しようと、真っすぐ見上げる。

「想像してみろ。胸騒ぎがして聖山に駆けつけてみれば、お前は全身を炎に包まれていたのだ。あの時の私の衝撃と苦しみが分かるか？　いいや、お前は分かっていないのだったな」

そう言うと、兄は片手で目元を押さえて、疲れ果てたとばかりに手で擦《さす》った。

その姿を見て、相当心配させてしまったのだわと申し訳ない気持ちになる。

確かに、突然、私が炎に包まれている場面を目にした兄は、ものすごく仰天したに違いない。

「それは……私が悪かったです。聖獣が怯えていたので、何としてでも助けなければと思い、炎の中に飛び込んだんです。あの時はお兄様との約束は頭から吹き飛んでいました」

「そうだろうとも」

兄は深みのある声でそう言うと、私に向かって両手を伸ばしてきた。

それから、私の体に両手を回して、ぎゅっと抱きしめる。

「お、お兄様？」

突然の行動に驚いて声を上げたけれど、兄は丸っと無視すると、私の頭に自分の頬を擦《こす》り付けた。

「ルチアーナ、私はお前の温かい体が好きだ。いつだって元気で、楽しそうに動き回るお前を見ていると、私自身も楽しくなる」

そう言うと、兄は少しだけ顔を上げて私を見つめてきた。

「だから、私からお前を取り上げてくれるな。傷一つ負ってもいけない」

兄の表情は歪んでいるわけでも、泣いているわけでもなかったけれど、なぜだか私はそこに兄の苦しみを見た気がして言葉に詰まる。

そのため、私は無言で何度も頷いた。

すると、兄はもう一度顔を近づけてきて、まるで小さな子どもにするかのように、私の額に唇を付けた。

「いい子だ」

◇　◇　◇

柔らかな唇が額に触れた瞬間、私はびっくりして目を見開いたけれど、距離が近過ぎたようで、視界に入ってきたのは兄が着ている服の一部分だけだった。

同時に、兄が身に付けている爽やかなパルファンの香りが漂ってきて、頭がくらくらする。

多分、私はしばらく呆《ほう》けていたのだろう。

気が付いた時には、先ほどと同じように兄とともにソファに腰掛けていて、兄が私の髪を撫でていた。

意識をはっきりさせようと、ぱちぱちと瞬きを繰り返していると、兄が考えるような声を出す。

「ルチアーナ、この5日間、お前は髪が短くなったことを誰にも悟られないよう、ずっと髪を上げ続けているな。髪が短くなったことは気にならないと言ってはいたが、実際には気になるのか？」

「えっ、いいえ」

短く返事をすると、兄はさらに尋ねてくる。

「では、この家の中に短髪になったことを知られたくない者がいるのか？　それは母上か？」

思わずびくりと肩が跳ねると、兄は「そうか」とつぶやき、考えるかのように指先で自分の顎をつまんだ。

兄も家族の一員として、お母様の性格は十分に把握しているはずだから、私が危機的状況にあることを分かってくれたのだろうと期待する――私が今、プチ断罪される寸前の状態にあることを。

正直に言って、私が世の中で一番怖いのは『断罪されること』だけれど、その次に怖いのは『お母様に実力行使されること』だ。

というのも、母はダイアンサス侯爵夫人として聖山よりも高いプライドを持っているから、決して短髪の娘を受け入れることはないからだ。

もしも母が私の短くなった髪に気付いたら、「見苦しい」と断定され、少なくとも髪が伸びるまでの期間は絶対に、外に出してもらえないだろう。

よくて侯爵邸軟禁、悪ければ修道院送致や国外送致が待っているはずだ。

そう考えてぶるりと震えた私の頭を、兄は再び優しい手付きで撫でる。

「母上に知られることなど、どうということもあるまい。お前はどんな髪型にしても可愛らしいのだから、そんな風に髪を結んでばかりいないで下ろしたらどうだ？」

期待に反し、兄は追い詰められた私の現状を分かっていないようで、軽い調子でそう提案してきた。

というよりも、恐らく兄のことだから、全てを分かったうえで、大したことはないと軽く扱っているのだろう。

けれど、私は兄と同じように軽く扱う気持ちになれなかったため、それは無理だと頑なに首を横に振る。

「そうしたら、髪が短くなったことを侍女たちに知られてしまいます」

不幸中の幸いで、母は領地に戻っているけれど、それでもこのタウンハウスには多くの侍女がいて、その全員が母の忠実な情報提供者になっている。

そのため、もしも侍女に短くなった髪を気付かれたら、すぐさま母にもその事実が伝わるだろう。

だからこそ、私は誰にも気付かれないようにと髪をアップにし、何ならボリュームを出すために髪の中に詰め物をして、髪の短さを誤魔化しているのだ。

兄はそんな私の真意を確認しようとでもいうかのように、質問を重ねてきた。

「母上に叱られるのが嫌なのか？」

「叱られるだけなら問題ありませんが、私は間違いなく家に閉じ込められるか、修道院に送られるか、外国に送られるかしますわ」

思っていることを言葉にすると、兄は否定するかのようにゆるりと首を横に振った。

「それは杞憂《きゆう》だ。成り行きに任せていればそうなる可能性もあるが、上手く誘導すればそうはならない。母上ほど主義主張がはっきりしている人はなかなかいないから、あれほど扱いやすい人も珍しいと私は思うがな」

お母様が扱いやすい。

これまで一度も思ったことがないことを言われ、びっくりして目を見張る。

そんな私に、兄は変わらない主張を続けてきた。

「母上は何とでもなるから、髪を下ろしたらどうだ。お前の髪が短くなったことに恥ずべき理由はないのだから、堂々としているがいい」

何でもないことのようにそう提案する兄を見て、私はがくりと脱力する。

「お兄様は本当に楽天主義者ですね」

母が私の思い通りになることなんてほとんどなかったため、とても兄のようにお気楽に考えることができない。

母がどんな行動に出るか分からない以上、髪が短くなったことを隠すことが最善の方法なのだ。

そう考えていると、兄はにこりと微笑んだ。

「考え方の違いだ。お前は『何が可能か』と考えて、できることを探そうとするが、私は『何が理想の姿か』と考えて、望むべき姿を目指すからな」

それはとても納得できる説明だった。

そうか、兄はいつだって理想を追い、その卓越した能力で理想を現実に変えているから、兄の進む道は輝いているのか、と腑《ふ》に落ちたのだ。

「ルチアーナ、お前が誰よりも素晴らしいことは私が知っている。そして、そのこととお前の髪の長さは何の関係もない。お前の短い髪は、お前のマイナスポイントを示すものではないのだ」

ただでさえ兄はすごいと感心し、兄の言葉の全てを受け入れそうになっているところに、胸に染み入るような素敵な声で兄が諭してくる。

……これは、相手が悪魔でも信じそうな説得ね。

そう用心していると、兄はにこやかに言葉を続けた。

「だから、母上の前だろうが、国王陛下の前だろうが、堂々と髪を下ろしているべきだと私は思うぞ」

「お兄様の言う通りだとは思いますが……」

兄の言うことは理想論だ。

そして、私には兄と違って理想を現実に変える力はないのだ。

人には固定観念があるから、貴族の多くは無条件に私の短い髪を「不適切だ」と判断するだろう。

そして、日和見的で日本人的感覚を有している私は、誰もが「高位貴族の令嬢としては明らかな瑕疵だ」と考えている短い髪で、母や国王陛下の前に出る勇気はなかった。

私の髪が元の長さに戻るまでには、何年もかかるだろう。

だから、私はどこからか私の髪色と同じウイッグを見つけてきてそれを装着し続けるか、思い切ってこの短い髪を皆にさらすか、家に閉じこもるかしかできないのだ。

私にとって一番楽なのは、この短い髪を皆にさらすことなのだけれど、……私自身は短い髪を恥じていないのだけれど……知らない人から馬鹿にされる場面はできるだけ減らしたいし、母の対応が分からない以上、あっさりと短くなった髪をさらす気持ちにはなれなかった。

何より、私の短い髪を見せて、母や父といった親しい人たちをがっかりさせたくなかったのだ。

そのため、兄が私の背中を押してくれているのは分かっていたものの、一歩踏み出すことを躊躇していると、兄は考えるかのように私を見た。

「そうか、まだ逡巡するか。だとしたら、お前に誰が見ても分かるような付加価値を付けるしかないな」

「えっ？」

兄の声が悪戯を思いついた子どものような響きを持っていたため、危機感を感じて兄を見上げる。

すると、視線の先の兄がとても悪い顔をしていたため——私は咄嗟《とっさ》に、逃げ出したい気持ちになったのだった。

41 ジョシュア師団長のお見合い

『誰が見ても分かるような付加価値を私に付ける』と兄は言っていたけれど、いったい何をするつもりかしら。

この上なく悪い顔をしている兄を見て、逃げ出したい気持ちになった日の翌日、私は兄の悪だくみについて考え過ぎて疲れてしまい、応接室でぐったりしていた。

すると、兄が珍しく浮かない表情を浮かべて応接室に入ってきた。

昨日の今日だったので警戒したけれど、兄の口からとんでもない話が飛び出してきたため、警戒心がどこかへ吹き飛んでしまう。

「ルチアーナ、ジョシュア師団長がお見合いを予定しているぞ」

「えっ、お見合い!?」

びっくりして聞き返すと、兄は珍しく困った様子で頭を振った。

「ああ、相手は陸上魔術師団の副師団長の娘だ。副師団長は平民からの叩き上げで、常々、貴族が偏重されていると主張している人物だから、断りがたかったようだ。断ったならば、『平民の娘だから、相手にもできないということですな！』と声高に言われることが分かり切っているからな」

兄の話は納得できるようで納得できなかったため首を傾げる。

「でも、お見合いを受ける方が、問題をより複雑にしますよね？　お見合いをしたら、間違いなくお相手は師団長のことを気に入りますよ。ジョシュア師団長がそのままご結婚されるのならいいですけど、その気になった女性を断ったりしたら、問題が大きくなるだけじゃあないですか？」

兄は私をちらりと見ると、考えるかのように長い指を顎にかけた。

「そうだろうとも。情緒が育っていないお前ですら分かることが、なぜ師団長に分からないのだろうな」

「ちょ、お兄様、どさくさに紛れてディスるのは止めてください！」

当然の抗議をすると、兄は面白そうに微笑んだ。

「師団長は恋愛に関して、驚くほどピュアなのだ。『私はこれまで誰とも付き合ったことがない。つまり、誰にも相手にされないほどつまらない相手だということだ。なあに、見合いの席で、お相手は早々に私が嫌になって断ってくるさ』と、朗らかに笑っていたのだからな」

「え、でも、それは……」

反論しようと口を開くと、兄は分かっているとばかりに言葉を引き取る。

「そう、誰とも付き合ったことがないのは、師団長が星の数ほどあった告白の全てを断ったからなのだが、その部分を都合よく忘れているようだな。多分、告白されたことに全く興味がなかったため、記憶に残っていないのだろう」

私は「まあ」と呆れた声を出した。

ジョシュア師団長らしいと言えばらしいけれど、あれほどモテ要素しか持っていない人物が、よくそんな生活をしながらこれまで無事でいたものだわと思ったからだ。

これから痛い目を見るのかもしれないけれど、と同情していると、兄が感心したような表情を浮かべた。

「やあ、ルチアーナは優しいな。師団長はもう27歳なのだから、自分の面倒くらい自分で見るべきだと私は思うが、お前は大丈夫だろうかと心配しているのだな」

「…………」

なぜだか分からないけれど、私の危機管理センサーがぴくりと反応する。

そのため、用心深い目で見つめていると、兄は邪気のない微笑を浮かべた。

「しかしだな、お前がどれほど尊い思いを抱いていたとしても、それだけではジョシュア師団長に伝わらないのだ」

もちろんそうだろう。

兄は一体何が言いたいのかしら、と無言で次の言葉を待つ。

すると、兄は片手を額に当て、悔いるかのような声を出した。

「私は常々思っていた。心優しく、内気なご令嬢は素晴らしい存在だが、いつだって好条件の男性を射止めるのは、自己主張が激しい押しが強い女性たちばかりだと。なぜなら強気の女性たちは、自分の素晴らしさを常に口にしているが、内気なご令嬢は黙っているから、その素晴らしさが伝わらないからだ」

「……まあ、そういうこともあるでしょうね」

兄の言うことは一理あると思いながら頷くと、兄は悩まし気に頭を振った。

「だが、それでは内気なご令嬢が損をする。そして、私はそんな目にお前を合わせたくないのだ」

そこで、私のセンサーが大きく反応する。

「どういうことですか？」

用心しながらじとりと見やると、兄はにっこりと満面の笑みを浮かべた。

「お前がジョシュア師団長を心配し、彼のために何とかしてあげたいと考えるほど優しい心を持っていることを、私は事前に分かっていたということだ。そして、その心を示す機会を獲得してきたのだ。つまり、師団長から見合いの話を聞かされた時、私は即座に提案しておいた。師団長が上手に見合いを断れるよう、ある女性が手助けしたがっていると」

「は？」

私はぽかんと口を開けた。本気で驚いたからだ。

「お前の内気さに合わせ、名前をはっきり出すことは止めておいたが、さすがに師団長もお前のことだと気付いているだろう。そのため、ジョシュア師団長はいたく感激した様子だったぞ。よかったな。私のおかげで、お前は内気にもかかわらず、心の優しさが師団長に伝わったのだ。ということで、着替えろ、ルチアーナ！　見合いは今日の昼からだ」

「へ？」

「ああ、そう心配することはない。私がとっておきのドレスと宝飾品を用意しておいたからな。いいか、今回の見合いを邪魔するにあたってコンセプトがある。ルチアーナ、一緒にやり遂げるぞ！」

「ちょ、え⁇」

私が目を白黒させている間に、兄が何らかの合図をしたようで、ドレスや宝石を手に持った侍女たちが、ぞろぞろと部屋に入ってきた。

「や、お兄様、ちょっと！」

そのまま侍女たちに連れていかれそうになったため、慌てて呼び止めると、兄は困ったように眉を下げた。

「ルチアーナ、お前がいつだって私の側にいたがることは承知しているが、お前ももう成人しているのだ。さすがにお前が着替える時は、席を外させてもらいたい。だから、お前が私室で着替え終わるまで、私はここで待っていよう」

「へえっ？　や、違うっ！」

どうやら兄は、私が着替えの最中も兄に同席してほしがっていると考えたようだ。

慌てて否定すると、兄は甘やかすように微笑んだ。

「そうか。お前も我慢できるか？　いい子だな」

そう言うと、兄は手を伸ばしてきて私の頭を撫でた。

その際、これまでであればいつだって、私の長い髪に沿って背中まで撫で下ろしていた兄の手が、うなじの位置でぴたりと止まる。

それは、私が髪をうなじでゆるくまとめていたため、それ以上は撫でられなかったからではあったけれど、それだけではない気がして兄を見上げる。

すると、兄は切なそうな表情を浮かべていた。

そのため、遅まきながら兄の気持ちに気が付いた私は、きゅっと唇を引き結ぶ。

……ああ、私にはしきりに『お前の髪が短くなったことに恥ずべき理由はない』、『お前の短い髪は、お前のマイナスポイントを示すものではない』と言い聞かせてくれたけれど、恐らく兄自身が、私の髪が短くなったことを気にしているのだわ、と。

私自身はお母様の反応に恐怖しているものの、髪が短くなったこと自体は気にしていないし、むしろお風呂上がりに楽になったわ、とプラスに捉えていた。

けれど、兄自身は私の髪が短くなったことを大変な出来事だと捉えているうえ、私を元気付けなければいけないと考えているようだ。

だからこそ、色々と理由を付けながらも、私に気分転換をさせる目的で、全く環境が異なるジョシュア師団長のお見合いに連れ出そうとしてくれているのだ——もちろん、師団長をからかおうという気持ちも多分に含まれているのだろうけれど。

過保護すぎるわとじとりと見つめると、兄はにこやかに微笑んだ。

「お前の支度を手伝う侍女は、全員私の手の者だ。母上に何一つ漏らすことはないから、安心して着飾ってくるがいい」

兄のことだから、私が何を言いたいか分かっているだろうに、相変わらずとぼけた返答をしてくる。

「……お兄様、私はもう十分元気です。これ以上元気になったらお兄様が苦労しますよ」

どれだけ過保護なのかしら、と呆れながら返すと、兄は目を細めた。

「望むところだ。お前に苦労させられるのならば、悪くない」

そう言いながらにやりと笑った兄を見て、まあ、本当に過保護だわと、私はため息をついたのだった。

42 悪役令嬢ルチアーナ

「お、お兄様、これは……」

それから2時間後、私は引きつった顔で鏡に映った姿をまじまじと見つめた。

一方、動揺している私とは異なり、兄は満足した様子でにやりと笑う。

「やあ、素晴らしいな、ルチアーナ。光り輝くようではないか」

「いや、ええと、その」

私はもう一度鏡に向き合うと、自分の姿を映した。

すると、そこにはぎらぎらと飾り立てられた、いかにも高位貴族の令嬢が立っていた。

兄が『お前の髪が短くなったことに恥ずべき理由はない』と繰り返していたため、髪を結うことなく下ろしてあったのは想定の範囲内だ。

けれど、高価なレースをふんだんに使用した豪華で重厚なドレスに、大粒の宝石をあしらった煌めくネックレスとブレスレットを身に着けることは想定外だった。

しかも、それだけでは飽き足りず、髪飾りにも目を見張るような宝石を使用する徹底ぶりだ。

前世の記憶を取り戻す前のルチアーナでもやっていなかったような、金に飽かして誂《あつら》えた格好に言葉を失っていると、兄が楽しそうに唇の端をつり上げた。

「魔術師団の副師団長は貴族がお嫌いだ。そのため、その大嫌いな貴族として正面から挑んで、師団長を勝ち取らせてもらおう。お前の『悪役令嬢の呪い』とやらを利用させてもらうぞ」

「へ？」

兄が言っているのは、いつぞや私が説明した「悪役令嬢」という役割に、自動的に付加される特性のことだろう。

『ゲームの攻略対象者たちは、ゲームの主人公《ヒロイン》に恋するあまり、敵役《かたきやく》である私の言動全てが悪く見えてしまう』というものだ。

「とは言っても、お前の話では、とある女性の『運命の恋』が始まるタイミングでしか『悪役令嬢の呪い』は発動しないとのことだったな。そのため、実際には条件を満たさず、発動することはないだろう。だから、発動したつもりになって行動するのだ」

「えっ、だけど」

「ああ、発動内容も、『とある女性の相手役となる男性が、お前を悪人だと見なし始める』とのことだったため、少しズレるな。だから、その『相手役の男性』を『師団長の見合い相手』に置き換えるのだ。そして、高飛車で高慢ちきな貴族令嬢として、副師団長とその娘に敬遠されてこい」

「ええっ！」

明かされた兄の突飛な計画に驚いていると、兄は腕を組み、満足した様子で頷いた。

「そうすれば、『あのようなご令嬢と懇意にしているジョシュア師団長に近付くのはこりごりだ』と副師団長親子は離れていくだろうからな。うむ、素晴らしい人助けだ」

けれど、私は兄の計画に納得できずに物申す。

「いや、でも、そうしたら私の評判が地に落ちるのではないですかね。それはいかがなものでしょう」

既に私の評判は落ち切っている気もするけれど、私の髪が短くなったことで、今後はさらに評判が落ちるはずだ。

そうだとすれば、さらにもっと落とす必要はないはずだ。

そう考えて発言したというのに、兄はきっぱりと言い切った。

「そこは私が情報をコントロールするから心配するな。副師団長親子が逃げ出し、ジョシュア師団長がお前のもとに残りさえすれば、話などいかようにも作れる」

ううう、お兄様がやろうとしていることの全貌は分からないけれど、情報操作がお兄様の得意分野だということは分かるわ。

こめかみを押さえながら、兄のやろうとしていることに嫌な予感を覚えていると、兄は皮肉気に唇を歪めた。

「何度も言っていることだが、お前の短い髪は決してお前の価値を下げるものではない。しかし、多くの者はその髪を見て、お前が高位貴族のご令嬢として必要な条件を満たさなくなったと、格下に見ようとするだろう。全く馬鹿げたことだが」

兄の言っていることは、至極もっともな話だった。

貴族社会では多くの者が、少しでも自分を格上に見せようと腐心するのだから。

そのため、相手を下げることで自分の価値を上げていくことは、よくある手法なのだ。

「だから、お前は誰よりも誇り高く、常に顔を上げておくのだ。短い髪であったとしても、王国が誇る陸上魔術師団長が骨抜きにされ、見合い相手を放り出してでも夢中になる、と噂されるほどに高嶺の花であるといい」

「まあ」

兄の言葉を聞いた私は、その恐ろしいまでの過保護っぷりに、呆れた思いで目を見開いた。

私の髪が高位貴族の令嬢としては非常識なほど短くなった今でも、兄は私から何一つ失わせまいとしているのだ。

恐らく兄の計画通りにことが進んだら、前言通り兄は社交界の情報を操作して、私に都合がいい噂が立つように仕向けるのだろう。

「高飛車で高慢ちき」というのは、見方によっては「高貴で美しい」ということだ。

そのため、兄が流した噂が蔓延《まんえん》する際には、「短髪ながらも高貴で美しいご令嬢に、陸上魔術師団長は骨抜きにされて、見合い相手をすっぽかした」との噂に書き換わるのだろう。

用意周到なことに、師団長のお相手は平民だ。

そのため、貴族の溜まり場である社交界で噂が流れたとしても、彼女の生活とは直接かかわりがないため、大きなダメージは受けないはずだ。

そうであれば、私が副師団長の娘に配慮して、悪役令嬢の役割に手を抜くことはないだろう、というところまで兄は考えているはずだ。

ああ、ジョシュア師団長のお見合いの席に私を引っ張り出して、気分転換をさせるつもりなのかと思っていたけど、とんでもないわね！

これが昨日、兄が言っていた「誰が見ても分かるような付加価値を私に付ける方法」なのだわ。

兄の計画を総合的に勘案すると、『素晴らしい』の一言に尽きるのだけれど、……一つだけ大きな問題があった。

それは、兄が当然のことのように言い放った内容が、ほとんど実行不可能なまでに難しいことだ。

なぜなら私はただの悪役令嬢で、傾国の美女ではないのだから。

いや、もちろんルチアーナの見た目は極上だけれど、それだけで周りがふらふらになるほど簡単な話ではないはずだ。

「お兄様は私を買い被り過ぎです。どんなに頑張ったとしても、私に『高嶺の花』の役柄はできませんよ！　それに、私はもう少し婉曲《えんきょく》に、お見合いを邪魔するのかと思っていました。そのような形で邪魔したら、相手の女性に対して失礼じゃないですか？」

お相手は平民とのことだから、先ほど考慮したように、その女性が社会的なダメージを受けることはないだろうけど、心情的にはダメージを受けるはずだ。

そう考える私に対し、兄はきっぱりと首を横に振った。

「それは心配しなくていい。父親の副師団長は知らないようだが、彼女はこれまで多くの魔術師団員を手玉に取り、有り金を貢がせた後に放り出すことを繰り返しているのだ。そのため、この辺りで彼女のお遊びを止めさせることが、本人のためでもある。あのご令嬢は一度、しっかりと拒絶される痛みを理解すべきだろう」

「ま、まあ、そうなんですね」

ということは、副師団長の娘の方こそが悪女ということかしら。

元喪女の私と対極じゃないの。

そんな相手に、とても太刀打ちできるとは思えないけれど……。

「分かりましたわ！　師団長にはこれまで色々とお世話になったことだし、できるだけ頑張ります!!」

ジョシュア師団長は人がよさそうだから、悪女相手にころりと騙されそうな気がする。

あんないい人が騙されて、いいように搾り取られたらかわいそうだわ。

そう考えた私は、兄にできるだけ協力することを約束したのだった。

◇　◇　◇

けれど――――『言うは易く行うは難し』とはよく言ったものだ。
目の前の光景を見て、私はどんどん自分の足が重くなっていることを自覚した。

兄に連れられた私は、さっそくジョシュア師団長のお見合い会場である超高級料理店に来ていた。

広大な敷地の中には、店の名に恥じぬよう、立派な建物がいくつも乱立している。

何でもこの料理店は、1棟が1部屋という贅沢な造りとなっており、それぞれの建物が異なるコンセプトの下に建てられているらしい。

そのため、利用者は自分の好みに合った建物を、自分たちのグループだけで占有できる仕組みとなっていた。

そのことは理解できるのだけど……目の前に見える多くの建物が、どれをとっても豪華絢爛《ごうかけんらん》な造り過ぎて、怖気《おじけ》づいてしまう。

「ううう、こんな高級なお店に、呼ばれもしないのに飛び入りで参加するのは勇気がいるわね」

そう声に出したことで、これからの行為について心配が募ってくる。

「というか、師団長のお見合い相手は何人もの男性をたぶらかしている希代の悪女よね。だとしたら、彼女はすごく魅力的なはずで、顔を合わせた師団長が一目惚れしないとも限らないわ。まあ、もしも師団長が本気の恋に落ちたとしたら、そこに割り込む私は正真正銘、他人の恋路の邪魔をする悪役令嬢じゃないの」

うーん、嫌な役回りだわ。

だけど、お兄様に『できるだけ頑張ります!!』と宣言した手前、頑張らないわけにはいかないし、考え方によっては、将来的に悪役令嬢の立場に立たされた時の心構えができるってものよね。

うんうん、物は考えようだわ。

私は握りこぶしを作ると、ぐるりと周りに立つ建物を見回した。

師団長がどこにいるか分からない以上、これらの建物を片っ端から覗いてみなければいけないわねと考えての行動だったけれど、結果的に私の意気込みは空振りに終わってしまう。

なぜなら私と同じようにぐるりと周りを見回した兄が、すぐに一つの建物に照準を合わせたからだ。

「この店を予約したのは副師団長親子との前情報を入手している。そうであれば、娘の好みを考えて、大体どのような建物かは想像がつく」

兄はそう口にすると、すたすたと一つの建物に向かって一直線に歩いていった。

けれど、その建物を見上げた私は、「えっ、本当にこれですか?」と疑いに満ちた感想を漏らす。

なぜならその建物は、小さな少女をターゲットにしたとしか思えない、ファンシーな造りになっていたからだ。

ピンクの壁に水色の大きなリボンが掛かっており、建物全体をプレゼントボックスに見立ててある。

そして、屋根の部分には大きな熊のぬいぐるみが、壁の一面には大きな月型のクッションが刺さっていた。

「……えっ、師団長のお相手は成人しているんですよね？　この建物は、小さな少女の誕生日パーティーに使用するためのものじゃないんですか？」

至極当然の質問をしたけれど、兄は無言のまま肩を竦めただけだった。

そして、建物に近付くにつれ、窓越しに中の様子を覗くことができたけれど、……驚くべきことに、兄の予想通り、そのピンクのプレゼントボックスの中にはジョシュア師団長らしき男性がいた。

大胆にも大きな窓が開け放されていたため、遠目からでも中にいる人物をよく見ることができたのだ。

その情景を目の当たりにした兄が、呆れたような声を上げる。

「やあ、師団長も副師団長も大胆なタイプだな。大きな窓を開け放って見合いを実施しているとは、覗かれ放題、噂され放題ではないか」

ジョシュア師団長は窓を開けることに換気の意味くらいしか見出していないのだろうけれど、お相手の副師団長親子は多くの人に見られて噂になることまで期待しているはずだ。

それなのに、まんまと相手の希望通りに窓を開けるなんて、師団長は甘いわよねと思いながら視線をやると、外から見ても分かるほどに師団長は洒落《しゃれ》た服を着ていた。

そのため、私は首を傾げながら兄に質問する。

「お兄様、ジョシュア師団長はお見合いを成功させるつもりがないんですよね？　なのになぜ、あれほど魅力的に見える服を着ているんですか？」

「うむ、師団長は相手から断られることを疑っていないからな。この見合いに付き合わせることを相手の女性に悪いと思っていて、せめてもの埋め合わせにと、失礼にあたらない服を着てきたつもりなのだろう」

なるほど、あの煌びやかな服が『失礼にあたらない服』なのか。

私がお相手だったら、私のために着飾ってくれたのね、と有頂天になりそうなほど洒落た服だけれど、と納得できない思いを抱きながら次の質問をする。

「お兄様、どうしてジョシュア師団長はあれほど笑顔を安売りされているのですか？　ほら、またお相手に笑いかけられましたよ」

「うむ、あれはビジネススマイルだ。大嫌いな交渉相手に対しても、いつだってあの微笑を浮かべているから、全く意味はないのだ……本人的には」

まあ、あの微笑む度に、光が零れ落ちているかのような笑みが、『ビジネススマイル』なのね。

それならば、仕事相手は全員師団長を好きになるわね、と考えながらさらに質問する。

「あっ、ジョシュア師団長がお相手の女性に自らワインを注いであげていますよ。少しサービス過多ではないですかね？　極上の微笑とともにあんなサービスをされたら、お相手の方は師団長が自分に好意を持っていると勘違いするんじゃないですか？」

「うむ、よく分かった！　師団長は阿呆なのだろうな!!」

私を連れてきた手前、師団長には瑕疵がなく、だからこそ彼の味方をするべきだと、兄は私に思わせようとしていたようだった。

そのため、先ほどからずっと師団長を庇う言葉を口にしていたけれど、とうとう我慢ならなくなったようで本音を口にする。

そして、私はそんな兄に全面的に同意した。

「一回り近く年上の方にこのようなことを言うのは憚られますが、私もそう思いますわ！　師団長はぜんっぜん、ご自分のことを分かっていませんよね!!」

あれほどの外見と公爵家嫡子という身分、そして、陸上魔術師団長という職位を持ちながら、女性からモテるという意識がゼロなところが、すごいという思いを通り越して問題に思われてくる。

そして、そのことにより、師団長のお見合いを邪魔しようという気持ちが湧いてきた。

「あっ、お兄様、イケそうです！　お兄様に問題ないと保証してもらいましたが、それでも見ず知らずの女性に恥をかかせるのはどうなのだろうと、悪役令嬢を務めることに躊躇していました。けれど、ジョシュア師団長の平和過ぎる態度に怒りが湧いてきたため、師団長を懲らしめることができると考えたらやる気が湧いてきました」

「うむ、師団長の自業自得だな」

兄は腕を組むと、全面的に私に同意する。

「ほほほ、ジョシュア師団長はこんな悪役令嬢な私に恋焦がれる役を押し付けられて、恥をかけばいいのです！」

「やあ、それは恥にならないと思うが」

兄は肝心なところで否定すると、私の手を取り、師団長たちがいる建物に近付いていった。

すると、いち早く私たちに気付いたジョシュア師団長が、大きな声を上げる。

「サ、サフィア？　ルチアーナ嬢!?」

ジョシュア師団長は椅子から立ち上がると、動揺した様子を見せた。

こちらに背を向けていたお見合い相手とその父親が振り返り、私に視線を合わせた途端にぎろりと眦《まなじり》を決する。

「やあ、これは完全に浮気現場を見られた浮気者の図だな」

兄が面白そうに小声でつぶやく。

けれど、兄はすぐによそ行き用の微笑を浮かべると、にこやかな声で話しかけた。

「これは奇遇だな、ジョシュア師団長じゃないか。このようなところで親族との食事会か？　ははは、まるで見合いの席のようにも見えるが、まさか我が妹に告白をしておいて、そのようなことはあるまいな」

「えっ、いや、その……」

兄の話では、ジョシュア師団長のお見合いが不成立になるよう、兄が手助けすることについて、事前に話が付いているとのことだった。

さらに、名前こそ出していないものの、手助けする相手として私を連れてくることを、ジョシュア師団長は了承済みとのことだった。

けれど、どういうわけかジョシュア師団長は私を見て本気で驚いているように見える。

そのことを証するように、ジョシュア師団長は開け放されていた大きな窓に大股で近付くと、慌てた様子で説明を始めた。

「ルチアーナ嬢、これは違う！　これは親睦を目的とした部下の家族との食事会だ！　決してサフィアが言っていたような……いや、名目はそうかもしれないが、実質的には部下の家族との食事会だ!!」

恐らく、師団長は思っていることを正直に口にしたのだろう。

けれど、もちろん、名目通りにお見合いだと考えている副師団長親子は、師団長の言葉に顔を引きつらせた。

そして、椅子から立ち上がると師団長の横に立ち、ふんぞり返った態度で見下ろしてきた。

「大事な席を中座してまで話をされるとは、よっぽど大事なお相手ですかな？　もちろん、ご紹介してもらえるのでしょうね」

そう口にしたのは、立派な体格をした50代の男性だった。

そして、その横に立っていたのは、黄色の髪をくるくるに巻いた20代半ばの女性だった。

頭にもドレスにもやたらめったらリボンをくっつけており、あろうことか、熊やうさぎのぬいぐるみがドレスに縫い付けてある。

……確かに、大きな熊が刺さったプレゼントボックスの建物を選ぶ女性に見えた。

そんな2人に向かって、兄はもったいぶった態度を見せる。

「いいだろう、身分が上の者から自己紹介するのがマナーだからな。ダイアンサス侯爵家の嫡子、サフィア・ダイアンサスだ」

すると、兄の名前を聞いた副師団長は、何かに思い当たった表情を浮かべた。

「ああ、『陸上魔術師団の働かないアリ』！」

何のことかしら？　と首を傾げていると、兄が尊大な態度のまま頷く。

「うむ、ルチアーナ、あれは私のことだ。ジョシュア師団長の下で働いていた軍務時代、私は魔術師団の皆から『働かないアリ』との二つ名で呼ばれていたのだ」

「そ、それは……」

全く不名誉極まりない呼び名だ。

確かに自然界において、どのグループにも2割程度は働かないアリがいるという話を聞いたことがある。

つまり、兄はそのことにたとえられて、「働かないアリ」と呼ばれていたのだろうけれど、「そんなことはない！」と言い返せないのが残念なところだった。

むしろ兄はそういうものかもしれない、と思わされるのだ。

何とも言えない気持ちになっていると、兄は唇の端を持ち上げた。

「ははは、軍に所属していたのは3年前までの3年間だったが、そんなにはっきりと私のことを覚えているのか！　いやー、私は有名だったのだな」

そう言って朗らかに笑う兄は、どこからどこまでもあんぽんたんな貴族令息に見えた。

明らかに副師団長から馬鹿にされているのに、そのことに気付かずに、話題にされたことを喜ぶ出来の悪い貴族の姿だ。

……なるほど、今日の兄はこのキャラで攻めるのね。

呆れながら見上げると、兄は今までで一番奇天烈《きてれつ》な服を着ていた。

自分の衣装に気を取られていて気付かなかったけれど、これは酷いと顔をしかめる。

なぜなら兄の胸元には大きなリボンが結んであったし、首周りにはびらびらのひだ襟が立っていたからだ。

さらに、カラフルな組紐で髪を結っていて、何を目指しているのかが分からない。

ちなみに、兄の髪は聖獣の炎で燃えてしまったのだけれど、理容師がいい仕事をしたため、前髪の一部が短くなっただけにしか見えない、ほとんど変化のない髪型に収まっていた。

そのため、長めの髪を高い位置で結び、派手な衣装を着た兄の格好は、奇天烈ではあるものの絶妙に似合っているという、不可思議な現象を引き起こしていた。

ただし、兄のあんぽんたんな言動が全てを台無しにしているけれど。

というか、この残念なキャラはゲームの中のサフィアお兄様にそっくりじゃないのと、今さらながら思い至る。

悪くないスペックを持ちながら、努力嫌いで享楽的であることから、近寄ると必ず相手側が損をするろくでもない人物。それがゲームの中のサフィア・ダイアンサスだったのだから。

どうやら今日のお兄様と私は、完全にゲームの中のキャラに仕上がっているようね。

そうであれば、私は私の役どころ通り、傲慢な悪役令嬢を演じるだけだわ。

そう決意した私は、両足を広げて立つと腕を組み、顎を反らすようにしながら名前を名乗った。

「ルチアーナ・ダイアンサスよ！」

名を名乗ればそれだけで私が誰だか分かるわよね、という前世の記憶が戻る前までのルチアーナを再現してみたのだ。

完璧な悪役令嬢ね、と自画自賛していたけれど、私の行動は思わぬ結果を呼び込んだ。

というのも、私のいつになく高飛車な態度を見て、怒っていると勘違いしたらしいジョシュア師団長が、おろおろとした様子で窓から外に飛び出してきたからだ。

「ル、ルチアーナ嬢、これはまた素晴らしいドレスだね！　光の加減によって色が変わって見えるなんて、捉えどころがないあなたにぴったりだ！　身に着けている宝石もきらきらと輝いているが、あなたの瞳の輝きには敵《かな》わないね」

そして、師団長はご機嫌を取ろうとしているのか、私を大袈裟《おおげさ》に褒めそやし始める。

まあ、師団長ったら、事前に打ち合わせをしたのかと思うほど完璧に、私の崇拝者の役割を演じているじゃないの。だったら、私も調子を合わせないとね。

「ふん、お上手ですこと。ご自分はふらふらと他の花の色香に惑わされていたくせに！　むしろ私がここにいたことに気付いたこと自体が驚きですわ」

そう言いながら、伸ばされた師団長の手の甲を閉じた扇でぱしりと打つ。

すると、ジョシュア師団長は必死な様子で取りすがってきた。

「ル、ルチアーナ嬢、誤解だ！　私に二心などない！　私の心臓はあなたに握られているのだから、他に心が動くはずはないのだ!!」

まあ、さすがに陸上魔術師団のトップにいるだけのことはあるわね。

これまで様々な任務をこなしてきて、その中には情報戦も含まれていただろうから、ちょっとした演技はお手の物なのかもしれないけれど、迫真の演技だ。

演じていることが分かっていても、顔が赤らんでしまうのだから。

私は仕方なく、赤くなった頬を隠そうと扇を広げたけれど、その行為をもって、会話終了の意思表示だと受け取られたようだ。

絶望的な表情でこちらを見つめてくるジョシュア師団長に、サフィアお兄様がおどけた様子で声を掛ける。

「やあ、我が妹が浮気性の婚約者に愛想をつかしたようだぞ。私も野心がある方ではないし、せっかく公爵家との縁組みが整いそうではあったが、すっぱりと白紙に戻すとしよう」

「な、サフィア!!」

必死な様子で声を上げる師団長を無視すると、兄はファンシーなドレスを着用しているお見合い相手に顔を向けた。

「君はおもちゃ箱のような女性だな」

朗らかにそう口にしたけれど、ドレスにこれでもかとリボンやぬいぐるみを縫い付けてある格好を揶揄《やゆ》したことは明らかだった。

初対面で失礼なことを口にするあんぽんたん振りを披露したというのに、副師団長の娘は気にならなかったようで、ぱちぱちと媚《こ》びるように瞬きを繰り返す。

そのため、「イケメン無罪」という単語が頭の中に浮かび上がった。

まあ、お兄様の人生はその整った顔のおかげで、イージーモードのようだわ。

◇　◇　◇

「陸上魔術師団副団長の娘、ビアンカ・ボッティよ。ジョシュア様と将来にわたって一緒に暮らしていくために、相互理解を深めているところなの」

兄と私が自己紹介をしたため、今度は自分の番だと思ったようで、ビアンカはくねくねと体をくねらせながら名前を名乗った。

改めて見つめてみると、彼女は豊満な体つきをした、唇が厚い肉感的な女性だった。

それなのに、ぬいぐるみやびらびらのレースやリボンといった可愛らしいものが好きなようだから、なかなかに好みと自分に似合うものは違うのだなと難しさを覚える。

「陸上魔術師団副師団長のデチモ・ボッティだ」

続けて壁のようにいかつい男性が、そう自己紹介をする。

うーん、これよね。陸上魔術師団という国内でも有数の魔術師たちが集まる団のまとめ役といったら、こんな風に力を全面に押し出すタイプだと思うのよね。

ジョシュア師団長の麗しさは王宮には似つかわしいけど、荒っぽい師団にはあまり似合わないいんじゃないかしら。

そう考えていると、ジョシュア師団長がどぎまぎした様子ながら、滅多にない提案をしてきた。

「サフィア、ルチアーナ嬢、よかったら一緒に食べていかないか？　このお店は非常に料理がおいしいと聞いているので、食事がまだであればぜひ食べていってほしい」

これまでの会話から、ボッティ親子は私のことをジョシュア師団長の想い人だと思っているはずだ。

そんな私を同席させて、お見合いを進行させようとするなんて、どんな色男でも考え付かない恥知らずな対応だ。

……と、通常ならば思うところだけど、ジョシュア師団長のピュアさと恋愛に関してだけはド天然なところを知っているため、「ここまで酷いのね」と呆れるに留める。

そして、私は悪役令嬢なので受けて立ちましょう、という気持ちのまま頷いた。

「そんなに頼むんだったら、同席してあげますわ」

私は大きな窓から堂々と部屋の中に入ると、ドピンクのテーブルクロスがかけてあるテーブルの前で立ち止まり、ぐるりと周りを見回す。

それは、座る場所を探しての行動だったのだけれど、ジョシュア師団長が慌てた様子で自ら椅子を2脚運んでくる姿が目に入った。

……率先して動くなんて、働き者の次期公爵様ね。

そう思いながら、ただ突っ立っているだけの兄をちらりと見やる。

すると、兄は私の言いたいことを完璧に理解したようで、澄ました表情で返してきた。

「やあ、私は『働かないアリ』だからな。そして、生まれた時から銀のスプーンをくわえていた侯爵家の跡取りだからな」

まあ、開き直ったわよ。

呆れながら見つめていると、兄は師団長が用意した椅子にゆったりと座り、楽しそうにビアンカに話しかけた。

「失礼するよ。ところで、君はやり手だな。ジョシュア師団長はつい最近まで公爵家の長男ではあったものの、跡取りではなかった。『ただの長男』であった27年間は、彼が全く目に入らなかったのに、公爵家の跡目を継ぐと分かった途端に師団長との見合いを設定するとは電光石火の早業だ。ただの『公爵家出身の男子』では、君に釣り合わなかったか」

「まあ、滅多なことを言わないでちょうだい。ただの偶然だわ。ずーっと前から、父にジョシュア様の素晴らしさを聞かされていたから、私は長いこと彼に恋焦がれていたのよ。ただし、私は慎み深い性格なので、思ったからといってすぐに行動できるタイプではないの。それに、私はただの平民だから、お貴族様のように望めば何だって即座に叶うわけじゃないわ。長いことかかってやっと、ジョシュア様と対面することが叶ったのよ」

「ふむ、面白い解釈だな」

兄はにこやかに相槌を打ったけれど、ちっとも心の裡が読めなかった。

そのため、本当にポーカーフェイスがお上手ね、と感心する。

そうこうしているうちに料理が運ばれてきたため、目の前に出された皿を見つめると、見た目も華やかなアミューズだった。

お酒に合うようなちょっとした料理で、生ハムとオリーブのケークサレや、チーズとストロベリーのカプレーゼなどが白い平皿の上に少しずつ盛り付けてある。

「うふふふー、私がそれぞれの人物をイメージした動物を、事前に料理長に伝えていたの。そして、それを描いてもらったのよ」

動物？　何のことを言っているのかしらと、テーブルの上を眺めると、ボッティ親子とジョシュア師団長の料理は、兄と私のものとは趣が異なっていた。

どうやら元々の出席者には特別な料理を手配しており、飛び入り参加した兄と私の分については、通常の料理しか準備ができなかったようだ。

ビアンカの料理を覗いてみると、大きな白い平皿の上に、ピンクのソースでウサギの顔が描いてあった。

「いやーん、私はよくうさぎのように可愛らしくて寂しがり屋だって言われるの。ジョシュア様〜、可愛がってくださいー」

そう言うと、ビアンカは両手で握りこぶしを作り、それを自分の左右の頰に当て、目をぱちぱちと瞬かせた。

すごい、こんなセリフを素面《しらふ》で言えるなんてものすごいことだわ。

私にはとても真似できない芸当ね、と思わず視線をそらす。

その際にジョシュア師団長が目に入ったのだけれど、彼は一切取り繕うことなく、ドン引きの表情を浮かべていた。

まあ、魔術師団のトップともあろう方が、こんなに素直でいいものかしら、と思ったけれど、師団長が恋愛に関しては少年のようにピュアであることを思い出す。

さり気なくデチモ副師団長のお皿を覗き込むと、グレーのソースでサメの絵が描かれていた。

「なるほど、ワシはサメか。かかか、勇猛果敢というわけだな！」

実の父親をサメだと表現するビアンカはどうかと思うけれど、それで上機嫌になるデチモ副師団長の感性もどうなのかしら。

私だったら、サメのイメージはと聞かれたら、「残虐」や「凶暴」だと答えるのだけれど、そこを「勇猛果敢」だと表現するデチモ副師団長は恐ろしくポジティブだ。

最後にジョシュア師団長のお皿を覗くと、藤色のソースで可愛らしい猫が描かれていた。

「……猫？」

ジョシュア師団長は一見、穏やかで優雅に見えるけれど、彼の本質は飼いならされた愛玩動物では絶対にないと思う。

同じネコ科にしても、もっと獰猛《どうもう》な獅子だとか、豹《ひょう》だとかいった動物じゃないかしら、と思っていると、ビアンカが両手を組み合わせて、くねくねと体をくねらせた。

「いやーん、ジョシュア様、かわいいー！　分かるー、猫分かるー。かわいーい猫ちゃんだわ、にゃんにゃん」

ビアンカの甲高い声を聞いているだけで鳥肌が立ってきたのだけれど、それは師団長も同じだったようで、必死に腕を擦っていた。

「猫？　師団長が？　魔王の間違いだろう」

フォークに刺したケークサレをもぐもぐと食べながら、兄が感想を述べる。

本日の兄は普段通りにしているだけで、与えられた『侯爵家のぼんくら息子』を演じられるのだから、容易《たやす》い仕事を受けたものね、と羨む気持ちが湧き起こる。

「サフィア、魔王は動物ではないからな！　お前、わざと言っているだろう」

腹立たし気に言い返すジョシュア師団長との言い合いも、いい具合に師団長の悪い一面を露呈させ、評価を下げる役に立っている。

さすがお兄様だわと、感心して見つめていると、兄が話題を振ってきた。

「ルチアーナはどう思う？」

そのため、そうだった、感心している場合じゃなかったわと、自分の役回りを思いだす。

今日の私は悪役令嬢として、ビアンカからジョシュア師団長を取り戻す役割を与えられていたのだった。

これ以上ビアンカの話を聞いていると、ジョシュア師団長がダウンしそうなので、早々に助け出さないといけないわねと、私は立派な悪役令嬢としてカシャリとフォークを皿の上に投げ出した。

「このアミューズは美味しくないわ！　ジョシュア師団長、私はあなたのおうちのスープが飲みたいの」

結局のところ、ビアンカのような者が相手の場合、常識的な対応をしていても埒《らち》が明かないのだ。

だから、マイルールを持ち出して、強引に話を終わらせることが最善だわと思いながら、高飛車な態度で挑むようにジョシュア師団長を見つめると、彼はどぎまぎした様子で立ち上がった。

「も、もちろんだ、ルチアーナ嬢！　あなたが望んでくれるのならば、どんな種類のスープだって用意しよう」

今にも部屋を出ていかんばかりのジョシュア師団長を見て、ボッティ親子は顔をしかめる。

それから、代表してデチモ副師団長が腹立たし気に口を開いた。

「ジョシュア師団長、今日は我が娘との見合いではなかったのですかな。それなのに、『アリの兄妹』を同席させたばかりか、中座しようとは何事ですか」

まあ、どうやら私も兄同様、「働かないアリ」グループに入れられたようだわ。

ふふふん、私の怠惰な演技に騙されたわね、と得意げに胸を張ると、「そこは得意になる場面ではなく、アリにたとえられたことを怒り出す場面だろう。役割を理解していない」と兄からダメ出しをされた。

まあ、あんぽんたんな兄は「働かないアリ」と言われたら喜ぶのに、悪役令嬢な私は怒り出さなければいけないらしい。難しいわね。

一方、ジョシュア師団長はしごくまっとうなデチモ副師団長の意見に対して、おかしなことを言い返していた。

「確かに今日はビアンカ嬢との顔合わせの席だったが、もう互いの顔は覚えただろう？　だから、解散でいいな？　私はどうあってもルチアーナ嬢に囚われているから、彼女が何事かを望んでくれたならば、それがどんなことであれ叶えたいのだ」

うーん、ジョシュア師団長ったら、我儘な令嬢に入れ込んで、常識を失っている高位貴族を見事に演じているわね。

さすが王国でも指折りの高位職である陸上魔術師団長だわ。魔術から恋煩いの演技まで、何でもできるじゃないの！

何がすごいって、さきほどからずっとビアンカを完全に無視して、私の手を擦り続けている、この集中力の高さよね。

これでは、知らない人が見たら完全に恋人に見えるに違いない。

そして、もちろんデチモ副師団長にはそう見えたようで、眦をつり上げると、腹立たし気な声を上げた。

「あなたは仕事は完璧にこなすというのに、女性関係については軽薄でだらしがないのですな！　早々に師団長の本性が分かってよかったです。ジョシュア師団長にうちのビアンカはもったいない！　帰るぞ!!」

けれど、結局のところ如才ないジョシュア師団長は、優雅な様子で両手を上げる。

「いや、私たちが退席するから、せめて料理を食べていってくれ。ここの料理はおいしいと有名だし、デザートまで手を抜かないように念を押していくから」

「……そこまで言われるのでしたら」

デチモ副師団長は浮かせかけていた腰を、もう一度椅子に戻した。

一方、ビアンカは何が起こったのかを理解していない様子で、ぽかんと口を開けている。

それはそうだろう。

ジョシュア師団長という好条件の男性とお見合いだと浮かれていたところ、我儘そうな貴族令嬢がお見合いの席に現れ、さらにはジョシュア師団長自身がその我儘令嬢に骨抜きにされている様子で退席を宣言したのだから。

「え？　あの、ジョシュア様??」

戸口に向かいかけた師団長の袖口を摑んだビアンカの手を、ジョシュア師団長は丁寧ながらもきっぱりと外した。

それから、片手を軽く握ると、優し気に微笑む。

「それでは、お先に失礼する。ビアンカ嬢、君は私にはもったいないから、自分を安売りするものではないよ」

「え？　あ、はい？」

ジョシュア師団長は婉曲に、『ビアンカ嬢は対象外だから、もう私に付きまとわないでくれ』ということを言ったのだけれど、婉曲過ぎてビアンカには伝わらなかったようだ。

けれど、師団長は気にすることなく、今度は私に微笑みかけると、私の背に片手を当てて戸口まで促した。

それから、デチモ副師団長とビアンカを振り返ることなく、部屋を退出していったのだった。

◇　◇　◇

これにてお見合いは終了となったのだけれど、この話には続きがあって、ジョシュア師団長は敷地内で行き合わせた店員を呼び止めると、ボッティ親子にお土産を包むよう依頼していた。

「お兄様、デチモ副師団長はご自分の副官でもありますから、これは仕事を円滑にするための気遣いですかね？」

ジョシュア師団長の意図が読めずに兄に尋ねると、兄は口をへの字に曲げた。

「ある意味ではそうだが、ある意味では終わらないトラブルの種を自ら仕込んでいると言えるな。先ほどの断り文句も婉曲過ぎて、本音が不明なレベルだったし、ビアンカ嬢がすっぱり諦めてくれるとはとても思えない」

そう言うと、兄はちらりと私を見た。

「だから、しばらくはお前の助けが必要かもしれないな」

兄がそう告げたタイミングで、店員と話をしていたジョシュア師団長が戻ってきた。

師団長は心からすまなそうな表情を浮かべると、そのまま頭を下げる。

「今日は本当にすまなかった！　2人には大変な迷惑をかけてしまったな。いや、あなた方が来てくれて助かった」

そんな師団長に対し、私はさりげなく警告する。

「いえ、迷惑は被っていないのですけど、師団長ご自身も少しは防衛された方がいいかもしれませんね。あまり気軽にお見合いを受けられると、トラブルになりかねませんから」

「全くあなたの言う通りだ。実のところ、今日の食事会は見合いの体《てい》を取っていたものの、実質はビアンカ嬢との顔合わせでしかなかったんだ。デチモ副師団長から『娘が魔術師団に入りたいと言っているが、人見知りなので知り合いを作りたい』と相談されたため、私と顔馴染みになっておくことが目的のね」

意外と常識的な話になってきたので、驚いて聞き返す。

「えっ、そうなんですか？」

すると、ジョシュア師団長は困った様子で頷いた。

「後々、彼女が入団した際、私のコネだと思われるのは嫌だから、見合いの体を取ってくれと頼まれたのだ。そのような考えならば、今日一度きりのことだろうからと気安く引き受けたのだが、なかなかに個性的なご令嬢だったため、私一人でお相手するのは難しかったようだ」

そう言ってため息をついた後、師団長はじっと私を見つめてきた。

「あ、あの、何か？」

間近で見上げたジョシュア師団長は、やっぱり類を見ないほどの美形だったため、見つめられることに焦って質問する。

すると、師団長は手を伸ばしてきて私の髪を手に取った。

それから、私の髪先に唇を付ける。

「あなたは髪を切ったのだな。軽やかで素敵だし、ルチアーナ嬢に似合っている」

その流れるような仕草があまりに色っぽく、瞬間的に顔に血が上ったため、私は真っ赤になって師団長を見つめた。

にこやかに発言したジョシュア師団長は、私が髪を切った経緯を知らないはずだ。

そのため、私が自分の好みで髪を切ったと考えて話をしているのだろうけれど、それにしても公爵家の跡取りとしては非常に自由な考え方だ。

ジョシュア師団長は意外と柔軟なのかもしれないわと考えていると、兄に耳打ちされる。

「違うぞ、ルチアーナ。ジョシュア師団長は由緒ある公爵家の嫡子として、それはもう伝統的な考えを持っている。先ほどのセリフが出たのは、相手がお前だからだ」

「えっ？」

そうなのかしらと驚いて見上げた師団長は、好ましい者を見る眼差しで私を見下ろしていた。

そのため、心臓がどきりと高鳴るとともに、安堵《あんど》と喜びの気持ちがじわりと湧いてくる。

何だかんだで16年間、私は高位貴族のご令嬢として育ってきたのだ。

長い髪が貴族令嬢の常識だという考え方はしっかり身に付いており、私の短い髪を見て男性が失望したり、蔑んだりしても、それは仕方がないことだと考えていた。

けれど、ジョシュア師団長は相手が「私だからこそ」、短い髪であることを好意的に受け入れたのだと、お兄様は伝えてくれた。

その言葉を聞いて、公爵家という最上位の貴族家の嫡子に、私の短い髪が受け入れられたと安堵するとともに、これまでの私の行動を認めてもらえたように思えて嬉しくなる。

……髪が短くなっても気にしない、とさかんに口にしていたけれど、実際のところ、侯爵家の令嬢として全く気にしないことは難しかった。

そのため、私はどうしても心のどこかで、外見的な価値が下がったと自分を卑下する気持ちを抱いていたのだけれど、その気持ちが少しだけ小さくなったように感じる。

ああ、お兄様は私の気持ちに気付いていて、軽くしようとしてくれているのね。

感謝の気持ちとともに兄を見やると、兄はぱちりとウィンクをした。

「ルチアーナ、これでジョシュア師団長に恩を売ることに成功したぞ。さて、しばらくはウィステリア公爵家に世話になるとするか」

私がどんな気持ちでいるかなんてお見通しだろうに――――相変わらず、とぼけた様子の兄なのだった。

43 海上魔術師団からの招待状

お見合いの日の翌日、兄と私は陸上魔術師団に招待された。

お相手は1日ぶりのジョシュア師団長だったので、昨日のことについて追加で依頼があるのだろうかと考えながら師団長室を訪問する。

ジョシュア師団長のやんわりとした拒絶ではビアンカは諦めないだろうから、さらなる対応が必要になったのかもしれない、と考えごとをしながら入室したため、突然目の前に現れた巨大な魔物の姿を見て飛び上がった。

「ひゃああっ!!」

思わず隣にいた兄に抱き着くと、兄は幼子をなだめるかのようによしよしと頭を撫でてきた。

「おおお兄様、私は幼子ではありません。そそれよりも、ま、魔物が部屋にいるので、逃げましょう!!」

そう言いながら、兄の腕を力いっぱい引っ張ったけれど、兄はびくともしなかった。

「ルチアーナ、よく見てみろ。あれは絨毯《じゅうたん》だ。生きてはいない」

「えっ？」

先ほど目にした時には、生きていると思ったので、驚いて魔物を見つめる。

すると、確かに魔物の顔や尻尾は立体的ではあったものの、お腹の部分はぺしゃりと潰れていて、絨毯の体を成していた。

「あっ、じ、絨毯だったんですね」

ほっと安堵しながらつぶやくと、兄はしかつめらしい表情で頷く。

「その通りだ。しかし、その絨毯の元になった魔物は非常に凶暴だったので、それを打ち取った師団長は『魔王』の二つ名を頂戴したのだ」

「サフィア、私一人に手柄を押し付けようとするんじゃない！　そもそもその魔物を倒したのは、お前と2人でじゃないか!!　そして、私が魔王と呼ばれ出したのは、お前がその絨毯を私に送りつけてきてからだ」

間髪をいれずに師団長が言い返し、いつもの掛け合いが始まったので、雰囲気を変えようと言葉を差し挟む。

「ということは、この魔物はお兄様が魔術師団に入団していた時に打ち取ったんですか？　それにしては、この絨毯は新しい物に見えますね」

「もちろん新しく見えるだろうな。その魔物を打ち取ってから、2か月ほどしか経っていないのだから。いや、ルチアーナ嬢、その魔物を打ち取ったのはごく最近だ。あなたのピアスに使用する石を確保するために、サフィアはその魔物の討伐に私を巻き込んだのだからな。あの時のサフィアは隻腕だったし、その魔物は子どもを抱えて気が立っていたから、非常に大変だった」

「えっ！」

私の知らないところで、どうしてお兄様はこう次々に暗躍しているのかしら。

残念ながら私は色々なことに気が付くタイプではないので、私のためにやってくれたとしても、黙っていたら気付かない可能性が高いのに。

そして、お兄様のことをあまり知らない人たちは、私以上にお兄様の気遣いに気付かないはずだから、私が喧伝《けんでん》する必要があるけれど、知らなければ何も周知できないわ。

ああ、お兄様が本当は優しくて思いやりがあり、困っている人には力を貸すタイプだと、皆に伝わればいいのに！

「お兄様、いつもいつも私のためにありがとうございます！　ですが、そんなに頑張れるのでしたら、さっさと『働かないアリ』の汚名を返上したらどうですか？」

兄の素晴らしさが周りに伝わっていないことが悔しくて、思わずそう口にすると、横で聞いていたジョシュア師団長が首を傾げた。

「汚名？　いや、ルチアーナ嬢、その二つ名は……」

しかし、何かを言いかけた師団長の言葉は、事務員が入室してきたことで遮られてしまう。

「ジョシュア師団長閣下、お手紙をお持ちいたしました」

兄と私が両脇に避けると、事務員はトレーいっぱいの手紙を運んできて、トレーごと師団長の執務机に置いた。

代わりに、執務机の上に置いてあった10通ほどの手紙が入っていた別のトレーを手に取ると、そのまま扉口に向かう。

恐らく、それらの手紙は師団長が処理不要と判断したもので、この後、事務員によって処分されるのだろう。

そう考えながら見つめていると、事務員は再び頭を下げて退出していった。

「慌ただしくてすまない」

そう言うと、師団長は執務机を離れて、長椅子があるスペースに私たちを誘導した。

兄と私が師団長に向かい合う形で長椅子に座ると、師団長はすぐに口を開く。

「ルチアーナ嬢、改めて昨日は大変失礼した。サフィアから正義の味方が助けに入ると聞いてはいたが、それがまさかあなただったとは……」

「正義の味方？」

お兄様はどんな説明をしたのかしら、とじろりと睨んだけれど、兄からは素知らぬ振りをされる。

「それから、昨日はあなたのおかげで助かった。後から思い返してみると、そもそも私はデチモ副師団長の申し出を断るべきだったのではないかと反省していたところだ。ところで、お礼を兼ねて何なりと返したいのだが、希望はあるだろうか？」

「えっ、いいえ、大したことはしていませんので、お礼をいただくような話ではありません」

私がそう答えたというのに、兄はにやりとして片手を前に差し出した。

その指の間には、1枚の封書が挟まっている。

「なっ、サフィア、お前いつの間に！」

師団長は驚いた様子で執務机の上に置かれたトレーを振り返った。

すると、新たに運び込まれたトレーの一番上に載せてあったはずの派手な封書が――真っ青な海色の封書に、赤と白の浮き輪と南国情緒あふれる高木が立体で飾られていたものが――消えてなくなっていた。

「いつの間に！」

私も師団長と同じセリフを繰り返すと、驚いて兄の指の間に挟まった封書を見やる。

先ほど、事務員が執務机の上に手紙の山が入ったトレーを置いていった際、一番上に載せてあった封書が派手で人目を引いたため、記憶に残っていたのだ。

「ジョシュア師団長、このパーティーに私たちを同行するというのはどうだ？」

兄は封書を開けるまでもなく、中身がパーティーの招待状だと見抜いたようだ。

「何だと？　海上魔術師団のパーティーに参加するというのか!?　正気の沙汰ではないな」

けれど、ジョシュア師団長はものすごく嫌そうに顔をしかめると、あっさりと兄の希望を却下した。

そのため、私は首を傾げる。

……この非常に凝った作りの手紙の差出人は、海上魔術師団だったのね。

でも、だとしたら、どうしてジョシュア師団長はこれほど嫌がるのかしら？

――我が国の魔術師団は、陸・海・空の3団から成り立っていて、それぞれ協力しながら国の防衛を担っている。

互いに協力体制にあるはずだから仲がいいと思っていたけれど、師団長の反応を見るに、陸と海は仲が悪いのかもしれない。

「ふうむ、たった今師団長は、昨日のお礼に私たちの希望を叶えると言ったばかりなのに、舌の根も乾かぬうちに前言を撤回するとは、酷い手のひら返しだな」

兄がわざとらしいため息をつくと、ジョシュア師団長は慌てた様子で言い返した。

「いや、サフィア！　あのパーティーはお前たちが出て楽しめるようなものでは……待て。お前のことだ、楽しむために参加しようとしているわけではないな」

「私が求めているのは新たな出会いだ」

「それは……」

ジョシュア師団長は言葉に詰まると、確認するかのように私を見た。

けれど、2人の会話の内容がよく分からなかったため、曖昧な笑みを返す。

それを何と解釈されたのか、師団長は諦めた様子でため息をつくと天井を仰いだ。

「なるほど、そういうことか。お前たちの態度から推測するに、ルチアーナ嬢が髪を切ったのは彼女の意思ではなく、不可抗力によるものだな」

ジョシュア師団長はそこで言葉を切ると、確認するかのように兄を見やった。

対する兄は、無言のまま師団長を見返したけれど、その行為が答えになったようで、師団長は呆れた様子で長椅子のひじ掛け部分を叩く。

「サフィア、本当にお前は過保護だな！　確かに私は短い髪のルチアーナ嬢を可愛らしいと思うが、彼女だからそう思えるのだろう。ルチアーナ嬢を知らない者たちであれば、伝統的な貴族の考え方に則《のっと》って、短い髪というだけで『高位貴族失格』の烙印《らくいん》を押すのだろうが……彼女の価値の高さを考えれば、それくらいのマイナス面は何のハンデにもならないはずだ」

「私は『だろう、はずだ』といった不確定な事柄は好きではない……今回のように、間違えてはならない場面ではな。だから、少しでも不確定要素が確定要素に変わるよう、できることはするまでだ」

「本当にお前は過保護だな!!」

同じ言葉を繰り返すジョシュア師団長に対し、兄はにやりと微笑んだ。

「実のところ、『短髪ながらも高貴で美しいご令嬢に、公爵家子息が骨抜きにされて、見合い相手をすっぽかした』という噂が、近々社交界を駆け巡ることになっている。それだけでも十分だとは思うが、せっかくジョシュア師団長が協力してくれるのであれば、念押しをさせてもらおうと思ってね」

兄の言葉を聞いたジョシュア師団長は、苦虫を噛み潰したような表情を浮かべた。

「……くっ、お前が私のために尽力してくれた、と感動していた私が愚かだった。そうだろうとも、お前は何だって有効活用するのだった。だとしたら、その噂は『公爵家子息』ごときでいいのか？『陸上魔術師団長』でもいいのだぞ」

破れかぶれな様子でそう口にする師団長に対し、兄は考えるかのように顎に手を当てた。

「それも悪くないが、『公爵家子息』としていた方が、聞いた者はルイス殿やラカーシュ殿など、様々な男性を想像して楽しめるだろう？」

ジョシュア師団長は口の中で悪態をつくと、片手で髪をかき上げる。

「お前のやりたいことは分かった。ルチアーナ嬢の価値を上げるための念押しの噂作りだな。だが、海上魔術師団長、あれは本当に癖が強い！　一筋縄ではいかないぞ」

「だからこそ、獲得できるものも大きいというわけだ」

そう言うと、兄はとても悪い顔でにやりと笑ったのだった。

◇　◇　◇

「サフィア、お前の希望は理解した。が、……少し考えさせてくれ」

いつもの流れであればジョシュア師団長が折れる場面だったにもかかわらず、珍しく師団長は躊躇する様子を見せた。

そのため、兄が尋ねるかのように片方の眉を上げると、師団長は苦々し気に口を開く。

「知っているだろうが、海上魔術師団のパーティーは貴族が開く夜会とは趣が異なる。貴族の夜会は社交を目的にしているが、海上魔術師団のパーティーは楽しむことを目的に開かれる。出席するのも若い師団員が中心だし、最初から最後までバカ騒ぎをしているだけだ」

「そういう話は聞いているが、部外者を全く招かないわけではないだろう？」

兄は手の中の封書をぱちりと弾きながら答えた。

陸上魔術師団の一員であるジョシュア師団長が招待されたのだから、当然海上魔術師団員だけで行うパーティーではないはずだ、と言いたいようだ。

その気持ちは正確にジョシュア師団長に伝わったようで、師団長は唇を歪める。

「ああ、その通りだが……基本的に、海上魔術師団員は軽薄で手が早い。美しい花を見ると、すぐに手折ろうとするのだ。そのような連中の中にルチアーナ嬢を入れたくはない」

「そうか、それは師団長の言う通りだな。では、私と師団長だけで参加するか。少々まどろっこしくはあるが、最終的に海上魔術師団長を落としさえすればいいのだからな」

兄がそう答えるやいなや、師団長は素早く腕を伸ばしてきて、兄の手の中から封書を奪い取った。

「それで決まりだ！」

どうやらよっぽど私を出席させたくなかったようだ。

ジョシュア師団長は兄の気が変わらないうちにとばかりに、急いた手付きで封書を開封すると、中から返送用カードを取り出して、さらさらと出席の返事を書き始めた。

まあ、私が何も意思表示をしないところで、海上魔術師団主催のパーティーに兄とジョシュア師団長が出席することが決まってしまったわよ。そして、私はお留守番をすることが。

2人が話していた内容はところどころ分からない部分があったけれど、私より何倍も世間を分かっていそうな兄と師団長が決めたことならば間違いないはずよね、と黙って成り行きを見守る。

すると、師団長が返送用カードを書き終わったところで、兄が師団長に向かって手を差し出した。

「ジョシュア師団長は陸上魔術師団のトップとして非常に忙しいはずだ。私がそのカードを海上魔術師団に出してきてやろう」

やけに親切な申し出だったため、師団長は用心したようで、胡散《うさん》臭い表情で兄を見つめたままカードを握り締めた。

そんな師団長に向かって、兄はにこやかな表情を見せる。

「どうした。『働かないアリ』が働くなんて、滅多にないことだぞ？」

「……私が用心しているのは正にそこのところだ。お前が動こうだなんて、一体何を企んでいる？」

「私だって人の子だからな。師団長の執務机に山と積まれた書類を見て、少しでも役に立ちたいと考えただけだ」

兄は純粋そうな顔で答えたけれど、師団長が無言のまま警戒した様子で見つめてきたため、さらに言葉を続けた。

「私が観察した結果を披露すると、先ほど事務員が回収したトレーの中にも、海上魔術師団からのパーティーの招待状が入っていた。その封書と寸分違わず同じ物がな。そのため、推測だが、出席の返事をしないジョシュア師団長への嫌がらせとして、海上魔術師団は毎日、師団長宛てに同じパーティーの招待状を送りつけているのではないか？　だとしたら、パーティーの開催日までそう日がない可能性もあるから、早めに出席の返事を出すべきだと考えたのだ」

「サフィア、本当にお前は何一つ見逃さないんだな！　海上魔術師団からの招待状など見たくもなかったから、先ほど持っていかれたトレーの一番下に押し込めていたのに、よく目に入ったな」

「うむ、ジョシュア師団長に関することだと、普段よりも鋭くなる気がするな」

「お前……それは私の弱みを見つけようとしているのか？」

「これほど純粋に師団長を慕っている私に対して、酷い言いようだな」

傷付いた振りをして俯いた兄の口が、楽しそうに弧を描いていることに、師団長も私も気が付いていた。

そのため、まあ、お兄様はいつだって楽しそうねとは思ったものの、師団長の執務机に気分が悪くなるほど書類が積まれているのは事実だったので、見かねて思わず声を掛ける。

「お兄様が海上魔術師団に出席カードを出しに行くのであれば、私も付いていきます」

師団長は一瞬躊躇したものの、すぐに諦めた様子で額に手を当てた。

「……そうか、ルチアーナ嬢が付いていってくれるのなら安心だ。よろしく頼む。だが、あなたも知っている通りサフィアは頭が切れる。さらに、こいつは今、何らかの悪だくみを考えているようだから用心してくれ」

その通りだと思ったので、私は大きく頷いた。


魔術師団には陸・海・空の3団があり、それぞれが独立した建物を持っている。

そのため、一旦、陸上魔術師団専用の建物から外に出た私は、少し離れた場所にそびえ立つ白亜の建物を見て、あんぐりと口を開けた。

なぜならその建物は明らかに海上船の形をしていたからだ。

「やあ、海上魔術師団の師団舎を目にすると、陸上魔術師団の建物がいかに常識的なものかが分かるな。ははは、巨大な海上船を模した建物など、使いにくくて仕方がないだろうに。ここからは分からないが、あの建物の屋上は全面プールになっているのだぞ」

「それはまた、正気の沙汰ではないですね」

そう心から思ったものの、人には「怖いもの見たさ」という感情があるのだ。

好奇心に負け、一体どんな内装になっているのかしら、と恐る恐る踏み入れたエントランスは、天井が高くて広い造りになっていた。

真っ白い壁には汚れ一つなく、清潔で快適な空間に見えたけれど、壁の両脇にずらりと並ぶトルソーが台無しにしていた。

なぜなら大量のトルソーには服が飾ってあり、それらは全て前世で言うところのアロハシャツとハワイアンワンピースだったからだ。

そして、入り口の一番目立つ場所に、案内板が掲げてあった。

『入場者はこちらの服にお着替えください』

うーん、リゾート施設であれば満点のサービスも、我が国の海の防衛を一手に引き受けている、海上魔術師団の師団舎サービスとしてはいかがなものだろう。

そう疑問に思い、首を傾げていたけれど、兄は全く気にしない様子で楽し気な声を上げた。

「やあ、これは親切なことだな。季節は11月末だというのに、なぜかこの師団舎内は真夏の気温を保ってあるから、暑くて敵わないと思っていたところだ」

そう言うと、兄は一番手前に飾られていたシャツを手に取った――鮮やかな赤地に色とりどりのフルーツが描かれているド派手なシャツを。

続けて、その隣に飾ってあったワンピースを手に取ると――こちらは真っ黄色に緑の鳥が描かれている、やはりド派手なワンピースだった――その服を私に手渡してきた。

それから、すぐ近くに備えてある更衣室を指し示す。

「更衣室も準備されているとは、手厚いことだな」

あまりにも自然にワンピースを手渡されたことと、建物内が暑くてたまらなかったことから、私は黙って服を受け取ると、更衣室に行って手早く着替えた。

それから、ド派手なシャツ姿の兄に合流すると、兄は眩しいものを見るかのように目を細める。

「これはまた、素晴らしくお前に似合っているな。貴族令嬢らしいとは言えない服装だが、とても華やかで可愛らしい」

手近な服に着替えただけで褒め言葉を口にするのだから、兄は体の隅々にまで紳士教育が行き届いているのだろう。

そんな兄自身はアロハシャツに着替えたことで、ちゃらっとした遊び人に見えたけれど……どこにでもいる遊び人にしては、顔立ちが整い過ぎているし品が良過ぎる。

「何と言いますか……お兄様はどんな服を着てもキラキラしていますね」

思ったことをそのまま口にすると、兄はおかしそうに微笑んだ。

「面白い感想だな。だが、そうであれば、お前が私を見失うことはないだろうから重畳だな」

兄は私の背中に手を添えると、建物内を進んでいった。

建物の内装は船の中を模してあるようで、廊下の壁には浮き輪や各国の旗が飾られている。

それらを興味深く眺めながら歩いていると、受付らしき場所に出た。

兄は躊躇うことなく進み出ると、受付嬢にパーティーの返送用カードを手渡す。

見た目は文句なしの兄の姿に、受付嬢は笑みを浮かべると、愛想のいい様子で言葉を交わしていた。

それから、なぜだか扉の先に私たちを通してくれた。

カードを渡したら速やかに帰るものだと思っていたので、どういうことかしらと首を傾げていると、兄が何でもないことのように口を開く。

「この建物内には、高官が訪ねてきた際に使用する見学用スペースがある。そこに通してもらったのだ」

「でも、お兄様は高官でなく、ただの学生ですよね」

じとりと見つめながらそう言うと、兄はとぼけた表情を浮かべた。

「彼女の目には、高官になった将来の私の姿が映っていたのかもしれないな」

ふざけた物言いではあったものの、実際に兄が望めば何にだってなれるだろう。

そう思ったけれど、わざわざ口に出すことでもないと考え、私は返事をすることなく見学用スペースの行き止まりまで歩いていったのだった。

◇　◇　◇

「わあ、すごい！」

通されたのは、見学者が上ることができる一番高い階だった。

これより上には屋上しかなく、そこでは常に水着姿の師団員がうろうろしているので、立ち入り禁止になっているとのことだったからだ。

大きな窓から周りの景色を見下ろしてはしゃいでいると、突然、背後から腹立たし気な声が響く。

「またそんな答えか！　わしは我が国にとって根本的な質問をしておるのじゃ！　なぜ誰も答えられない!!」

何事かしらと振り返ると、70歳を過ぎたように見える高齢の男性が、かくしゃくとした態度でこちらへ向かって歩いてくるところだった。

その後ろからは、数人の師団服を着用した師団員たちが――ジョシュア師団長の黒い師団服とは異なる白い師団服だったので、恐らく海上魔術師団員だろう――おろおろとした様子で付いてくる。

ご老体はきょろきょろと辺りを見回していたけれど、長椅子に座っている兄と目が合ったようで、手に持っていたステッキを勢いよく突き出した。

「その服装を見るに、お主は海上魔術師団員じゃな！　一つ質問じゃ。なぜお主らは『人魚の島』を荒らす。あの島一帯は様々な生き物の住処《すみか》になっとる生物の宝島じゃ！　むやみやたらに荒らすんじゃない!!」

初対面にもかかわらず、服装を理由に兄が海上魔術師団員だと断言されたことに驚いたけれど、もしかしたらエントランスでアロハシャツに着替える見学者はほとんどいないのかもしれない。

加えて、海上魔術師団の師団舎内で、アロハシャツのようなラフな格好で過ごす師団員が一定数いるのかもしれない。

そのため、兄は海上魔術師団員だと勘違いされたのかもしれないけれど、いずれにせよ突然、見も知らない人から頭ごなしに叱られたら腹立たしく思うんじゃないかしら。

そう考えて、ハラハラしながら視線をやると、兄は組んだ両手の上に顎を乗せた姿勢のまま、ゆったりとした様子で口を開いた。

『『人魚の島』は周りの海より標高が高いものの、中心部は土地が低く、大きな海水溜まりができています。そして、そこには様々な生物が棲んでいます。しかし、その海水溜まりは月に1度、周りの大海とつながるのです。なぜなら満月の夜だけは、あの海域一帯の海水面が上昇し、島の東側部分を呑み込んでしまうからです」

「何と、そうなのか!?」

「そのことは、あの島近辺で暮らす魔物にとっては周知の事実です。そのため、魔物たちは満月の夜を狙って島の海水溜まりに入り込み、そこに棲む生物を喰らおうとするのです」

兄はそこで言葉を切ると、姿勢を正してご老体に笑いかけた。

「さあて、そこで正義の味方である海上魔術師団の出番です。外海からの魔物の侵入を防ごうと、満月の夜は一晩中、島の東側部分に陣取って、魔物と戦い続けているのですから。その事実を知らない者たちには、海上魔術師団がことあるごとに『人魚の島』に近付き、傍若無人に暴れまわっているように見えるのでしょうね」

相変わらずの兄の博識ぶりに驚く一方、お兄様は初対面の相手にも親切なのねと感心する。

なぜなら兄は海上魔術師団員ではないので、「師団員ではありません」とだけ答えればいいのに、投げかけられた質問に対して律儀に回答しているのだから。

説明を受けたご老体は、腑に落ちた様子でステッキを握り締めた。

「なんじゃ、そうなのか。海上魔術師団はあの島を荒らしていたのではなく、島を荒らす魔物を駆逐していたのか。……はあ、だが、わしを含め、世間の皆は海上魔術師団が島荒らしだと誤解しておるぞ。なぜ魔術師団員は誰も訂正しないんだ」

「それは魔術師団員が正義の味方だからですよ。正義の味方は己の善行をひけらかさないものです」

兄はぱちんと片方の目を閉じてウィンクをした。

「ぐぬう……」

兄の言葉を聞いたご老体は、言葉が出ない様子で呻《うめ》くような声を出す。

すると、そんな相手に兄は小さく微笑んだ。

「あるいは、魔術師団員に守秘義務が課せられているからでしょう。海流や海水温といった情報は、海上魔術師団員にとって極秘事項になっています。船を航海させる際にも、敵国の船を迎え撃つ際にも、最重要となる情報ですからね。そのため、『満月の夜は、「人魚の島」一帯の海水面が上昇する』という情報は、口外禁止になっているのです」

「何と！　だったら、なぜお主は禁止事項を破ってまでわしに教えてくれたのじゃ！」

それはきっと、お兄様が海上魔術師団員ではないからです。

それなのに、どこからその情報を入手したのかという疑問は残るけれど、少なくとも海上魔術師団員ではないので、どれだけしゃべっても罪に問われないのです。

けれど、そんなことを知らないご老体は、感激した様子で兄の手を握った。

「その無私の心、気に入ったぞ！　お主、名は何という？」

「サフィアです」

意図的なのかどうなのか、兄は聞かれた通りに名前だけを答えた。

そのため、姓を持たない平民だと思われたようで、ご老体は確認するかのようにちらりと私を見た後、納得したように頷く。

平民の多くは女性でも短い髪をしているため、私の短い髪を見て、兄が平民であることの確信を深めたのだろう。

「ところで、お主は明日のパーティーに出席するのか？」

ご老体がそう口にした瞬間、後ろに控えていた2人の魔術師団員が慌てた様子で前に出てくると、ぎゅっと兄の手を握り締めた。

「そのことですが、ご隠居様!!　ぜひこの方を明日のスタッフとしてお迎えしたいと思います!!」

「ええ、これほど端整な顔をした男性なんて、うちの師団長くらいしか見たことがありません!!　海上魔術師団員の数が多いとはいえ、これほどの美貌の団員を見逃していたことを、オレは今猛烈に反省しています！　もう二度と出会えないでしょうから、ここで確実に捕まえておかなければいけません!!」

「やあ、どうやら私は突然、人気者になったようだな。しかし、男性と密着する趣味はないから、手を放してもらえるか」

兄がにこやかに2人の手を振りほどこうとした瞬間、師団員たちは自ら兄の手を離すと、がばりと兄の足下に平伏した。

「お願いします！　僕たちを助けると思って、女性を癒す花になってください！」

「あるいは、女性が焦がれる高嶺の花でもいいです！　どうかその美貌を活かして、オレたちを救ってください!!」

兄にとっては寝耳に水の話で、何を言っているのか理解できないだろうに、楽し気な笑みを浮かべると片手を胸に当てた。

「私は元々、親切で慈悲深い性質なのだ。それほど困っているのであれば、助けないはずがない」

「はああ、何て親切なんだ!!」

「ありがとうございます!!」

わあ、全容は分からないけど、兄は何かを企んでいるわよ。

そして、感激した様子の2人組は、どうやら既に兄の術中にはまったようだわ、と同情を覚えていると、背後から聞き覚えのある声が響いた。

「サフィア！　いつまで経っても戻ってこないと探しに来たら、お前は一体何をやっているんだ!!」

振り返ると、藤色の髪をなびかせたジョシュア師団長が立っていた。

あっ、師団長は師団長服を着ているわね。

やっぱり入り口で着替える人は少ないのかもしれないわ、と失敗した気持ちになっている間に、2人の海上魔術師団員が兄を隠すようにその前に立ちはだかった。

「ジョシュア陸上魔術師団長!!　ダ、ダメですよ！　いくら閣下といえども、彼はお渡しできません！　こんなぴかぴかの宝石、滅多にお目にかかることはできないんですから、僕たちが連れて帰ります!!」

「ご本人が我々に協力すると言ってくれたんです！　パーティーは明日ですから、一夜漬けの訓練が必要になります。ですから、もしも彼とお知り合いだとしても、今日は我々に渡してください!!」

「いやあ、どうやら私は男性にモテモテのようだな。しかし、私は常日頃からジョシュア師団長に思いを募らせているから、彼から望まれたとしたらそちらを優先させてもらおう」

「結構だ」

すごく嫌そうな表情を浮かべるジョシュア師団長を前に、兄はにこやかに微笑んだ。

「それは残念なことだ。ところで、例の海上魔術師団主催のパーティーは、明日開催されるのか？　何ともせわしないことだな。そうであれば、私は一夜漬けでパーティーの作法を覚える必要があるらしいから、このまま彼らに連行されていく。私の代わりにルチアーナを頼む」

「は？　お前はこれから明日のパーティーまで、海上魔術師団のもとにいるつもりか!?」

兄は返事をしなかったけれど、兄の表情から答えを読み取ったようで、師団長は苦虫を噛み潰したような表情を浮かべた。

一方の兄は、私に顔を向ける。

「ルチアーナ、悪いが私はこれから人助けをすることになった。私がいなくて寂しいだろうが、我慢してくれ」

そんな風に言われたら、私に返せる言葉は一つだけだ。

「お言葉ですが、私は寂しくありません。ですから、お兄様は好きなだけ楽しんでください」

そう口にしたところで、兄はこの言葉を私に言わせて、この場から帰らせたかったのだろうなと気が付く。

そんな私に向かって、兄はいつも通りのとぼけた表情を浮かべたのだった。

◇　◇　◇

ジョシュア師団長とともに再び師団長室に戻ってきた私は、ぱちぱちと瞬きを繰り返した。

何が起こったのかを今イチ把握できていなかったため、考えを整理しようとしたのだ。

そんな私を師団長は長椅子に座らせると、冷たいお水が入ったグラスを手渡してくれた。

「ルチアーナ嬢、毎回何かしらのトラブルに巻き込んでしまってすまない。先ほど話をしていた海上魔術師団主催のパーティーだが、実はサフィアが指摘した通り、明日開催されるのだ。そのパーティーでは、見目麗しい男性が給仕をすることが名物になっている。サフィアの見た目は文句なしにいいから、渡りに船だと思われてスカウトされたのだろう」

もちろん師団長の表情は、『サフィアは決して鑑賞する類のものではないがな』と言っていた。

ええ、私もそう思います。

どういうわけか兄ではなく、兄を連行していった2人の海上魔術師団員の方が、巻き込まれているように感じたのだから。

でも、お兄様は一体何を考えて、あの2人に付いていったのかしら……とそう考えていると、ジョシュア師団長がとんと指でテーブルを弾いた。

「サフィアが自由に行動するのならば、私も好きにしゃべらせてもらうが、あいつはきっとアレクシス・カンナ海上魔術師団長に接触しに行ったのだ」

「アレクシス海上魔術師団長？」

どこかで聞いたことがある名前ね、と思いながら首を傾げる。

すると、ジョシュア師団長は髪をかき上げながら返事をした。

「ああ、29歳の若さで海上魔術師団の師団長に就いている鬼才で、カンナ侯爵の一人息子だ。そんな彼の母親は『社交界の華』というやつでね。彼女の言葉は貴族間で圧倒的な影響力を持つのだ。そのため、たとえばルチアーナ嬢を見て、カンナ侯爵夫人が『最新流行の素晴らしい髪型ね』と口にしたならば、誰もがあなたの髪型をほめそやし始めるだろう。さらに、今後は短い髪を理由に、あなたが誇られることはなくなるはずだ」

「まあ、社交界にはそんなに影響力がある方がいらっしゃるんですね！　というか、貴族の方々に私の短い髪を受け入れてもらえる、そんな方法があったんですね」

私が短い髪をしている限り、貴族たちは皆、伝統的な考え方に則って『高位貴族失格』の烙印を押してくるはずだと考えていたから、そんな裏技的な方法があるなんて思いもしなかった。

感心した表情を浮かべる私とは対照的に、ジョシュア師団長は浮かない表情で唇を歪めた。

「しかし、実際にカンナ侯爵夫人を動かすのは至難の業だろうな。ほとんど実現不可能だと考えた方がいい。そもそもアレクシスは癖が強く、何を考えているのか分からないから行動が予測できないうえに、彼と彼の母親の関係は非常に悪いと聞いている。そのため、よしんばアレクシスを説得できたとしても、カンナ侯爵夫人が息子の望みを聞くかどうかは分からない」

「そうなんですね」

ジョシュア師団長がここまで言うということは、よっぽど可能性が低いのだろう。

にもかかわらず、挑戦しようとするところが何とも兄らしい。

というか、私が知らないうちに、またもや兄は私のために行動しているわよ。

そのことに気付いたため、私はグラスの水を一気に飲み干すと、タンと音を立ててテーブルの上に置いた。

「ジョシュア師団長、お願いがあります！」

「先ほども述べたように、私は反対だ」

お願い事を口にする前に、ジョシュア師団長から反対されてしまった。

そのため、師団長は私が何を言い出そうとしているのかを知らないはずだけれど、と思いながら小首を傾げる。

「私はまだ何も言っていませんが」

「言われなくても分かる。明日のパーティーに参加したいと言うのだろう？」

さすがジョシュア師団長だ。言葉にする前に、私が何をやりたいかを言い当てられてしまった。

そう感心していると、師団長は渋い表情を浮かべて私を見つめてきた。

そのため、どうしても出席したいという気持ちを込めて真っすぐ見返していると、師団長は諦めた様子でため息をつく。

「……それほど強くあなたに望まれて、なお拒絶するのは難しいな。だが、先ほども言ったように、海上魔術師団員の全員が軽薄だ。あるいは、そう見えるように全員が振る舞っている。そのため、……そうだな。パーティーでは事実のままに、あなたは私の想い人だということを表明してもいいかな？」

「えっ？」

突然思ってもみないことを言い出されたため、びっくりして目を見開く。

師団長の真意が分からずに彼を見つめていると、ジョシュア師団長は切れ長の目を細めた。

「私の立場はそれなりに強い。私が好意を表明した相手に対して、粉をかけようとしてくる者はまずいないはずだ」

まあ、師団長は私を守ろうとしてくれているのだわ。

以前、ジョシュア師団長は私に告白してくれたけれど、あまりに師団長が立派過ぎたため、素直に信じることは難しかった。

だけど、ジョシュア師団長はこの手のことで冗談を言うタイプではないし、真剣な気持ちをぶつけてくれる相手の気持ちを疑うことは、してはいけないことだと思う。

それは今のように、『私の想い人だということを表明したい』と言われた時も同様だろう。

けれど、師団長が思いを寄せる相手が私だと表明することで、師団長に恥をかかせることになっては絶対にいけないわ。

そう考えながら、短い髪を両手で引っ張る。

すると、ジョシュア師団長が手を伸ばしてきて、私の両手を摑んだ。

「そのようなことをしても、髪が抜けるだけで伸びはしない。繰り返しになるが、私は短い髪の君を可愛らしいと思うよ」

「…………」

2人きりの部屋で、至近距離で告げられる言葉には破壊力がある。

そのため、私は真っ赤になってあわあわと慌てたのだけれど、師団長はそんな私を優しい目で見つめると、摑んでいた両手を離してくれた。

「今日は我が公爵邸に泊まるといい。サフィアは海上魔術師団の師団舎に泊まるだろうから、あなただけが侯爵邸に戻ると訝しく思われるだろうからね。それに、我が公爵邸はここから近い」

それはその通りだ。ジョシュア師団長は我が国に四つしかない公爵家の出身だから、そのタウンハウスは王都の最も便利がいい場所にあるのだ。

「ダイアンサス侯爵家には私が使いを出しておこう。あなたが来るとなれば、オーバンとルイスが喜ぶだろうね」

「いえ、とてもそんなご迷惑は……」

慌てて断ろうとすると、師団長はわずかに上体を倒して、私の顔を覗き込んだ。

「ちっとも迷惑ではないし、私にとっても都合がいい話だ。あなたがいると聞けば、ルイスは週半

ばにもかかわらず学園から戻ってくるだろうからね。私は予定外に、弟に会うことができるのだ」

なるほど、それもそうね。

学園を休み続けている私とは違って、他の生徒たちは皆、真面目に学園に通っているのだから。

「それに、あなたが飲みたいと言ったスープを用意したい」

「えっ？」

……そう言えば、昨日のお見合いの席で、私は「ジョシュア師団長のおうちのスープが飲みたい」と口にしたのだったわ。

その時のことを思い出していると、師団長は悪戯っぽく片目を瞑った。

「あなたが満足するスープを提供すると、ウィステリア公爵家の名にかけて約束しよう」

まあ、公爵家の名前にかけるスープだなんて、それは一体どんな味なのかしら、と気になった私は師団長の提案通り、公爵邸に泊めてもらうことにしたのだった。

44 海上魔術師団の船上パーティー

「えっ、船上パーティーですか!?」

お兄様を探し出して話をしなければ、と意気込んで臨んだ海上魔術師団のパーティーだったけれど、目の前に広がる光景が想像もしていないものだったため驚いて声が出た。

パーティーと言えば、豪奢《ごうしゃ》なお城やタウンハウスで夜に開かれるものだと思い込んでいたけれど、ジョシュア師団長に連れていかれた先は、真っ白な帆が張られた美しく大きな船の上だったからだ。

しかも、時間帯は燦々《さんさん》と陽が照り付ける昼間であって夜ではない。

「まあ、こんな昼日中に開催されるパーティーがあるのね！　でも、よかったわ。昼間に戸外で開催されるからか、心配していたような怪しげな雰囲気はないみたいだもの」

ジョシュア師団長の言葉を借りるならば、海上魔術師団員の全員が軽薄らしいので、助かったという気持ちになる。

なぜなら私が一番苦手なタイプは、軽薄な男性だからだ。

これまでほとんど出会ったことはないけれど、どう対処していいか分からないため、体が硬直してしまうのだ。

けれど、いずれにせよ、これほど健全な雰囲気の下では、軽薄な真似はできないはずだ。

そう考えながら、タラップから船の上に足を踏み出した瞬間、まるで真夏のようなもわっとした熱気に包まれる。

「えっ、11月だというのに、船の上だけ真夏のようだわ！」

驚きはしたものの、これまでにも1度、同じような体験をしたことを思い出す。

それは学園の収穫祭の日のことで、学園全体が砂漠の国であるかのように気温が上昇していたのだ。

恐らく、あの時使われていた魔術と同じものが使用されているのだろうな、と思いながら私は着用していたコートを係の者に預けた。

コートは11月末という季節に合った厚手のものだったけれど、その下に着用していたのは、夏物の生地で仕立てられたリゾート向けのワンピースだ。

季節が合っていないからと断ったにもかかわらず、「今日の正装はこれなのだ」と困ったような表情でワンピースを差し出してきた師団長を信じてよかったわ。

なぜなら船上の気温は真夏のものだから、この格好でちょうどいいもの。

そう考えながら受付をしていると、受付嬢が赤い花でできたレイを首からかけてくれた。

一方のジョシュア師団長は、一輪の花を胸ポケットに飾られている。

ちなみに、本日のジョシュア師団長はできるだけ目立ちたくないということで、師団長服を着用せずに、普段よりも装飾の少ないシャツとトラウザーズ姿だった。

とはいっても、師団長の存在自体が派手なので、シンプルで上品な格好をしたことで、いつも以上にノーブルさと麗しさが浮き彫りになった形となり、かえって人目を引いている。

そのせいで、師団長と一緒にいる私まで注目を集めてしまっているわ……と考えたところで、内心ひやりとしたものを感じた。

私は今、学園を長期休学中なのだから、その期間中にパーティーに出席するのはどうなのかしら、と今さらながら不安になったのだ。

これは、見方によっては着々と、悪役令嬢の道を進んでいるように見えるのじゃないのだろうか。

そう考えて情けない表情をしていると、ジョシュア師団長は私がパーティーを怖がっていると誤解したようで眉を下げた。

「海上魔術師団のパーティーについて、あなたを脅かし過ぎたようだね。私が常に隣にいるからあなたは安全だ。普段ルチアーナ嬢が参加するものとは趣が異なるが、リラックスできさえすれば楽しめるのではないかな。ここのところずっと侯爵邸に引き籠っていたと聞いているし、気分転換をすることはあなたのためになるだろう」

そう言いながら腕を差し出してきたジョシュア師団長を見て、船上でも私をエスコートしてくれるつもりなのだわと心強く感じる。

感謝の気持ちを覚えながら彼の腕に手を掛けると、師団長は私の歩幅に合わせてゆっくりと船の上を巡ってくれた。

歩いてみたことで分かったけれど、私たちが乗っているのは非常に大きな船で、既に50人ほどの人々が船の上でドリンクを飲んだり、談笑をしたり、景色を楽しんだりしていた。

彼らの半分ほどが海上魔術師団員らしく、白い師団服を着用している。

そして、残りの半分は外部からの招待客らしく、師団長や私のように夏向けの私服を着用していた。

船の上はパーティー用に飾り付けられており、白い布を掛けたテーブルがそこここに設置され、軽食やドリンクがつがれたグラスが置かれている。

それから、たくさんのカラフルな布や南国の花が飾りつけられていた。

日常とは全く異なる雰囲気の中、飲んだり食べたりすることは楽しそうではあるけれど、私の目的はお兄様を探すことなのよね。

そう考えながら、きょろきょろと辺りを見回したところで、船内につながる扉が開き、数人の海上魔術師団員が姿を見せた。

何気なく視線をやった私は、はっと息を吞むと同時に、そのまま視線が引き付けられてしまう。

なぜなら現れたいかにも高位の魔術師団員たちの中に、圧倒的な存在感を放つ人物が交じっていたからだ。

それはオレンジ色と黄色が混じった長い髪をみつあみにした長身の男性で、会場中の空気を別の色に染め上げるかのような強烈なオーラを放っていた。

顔立ちはびっくりするほど整っており、神秘的な2色の髪の下からは翠玉色《エメラルドグリーン》の瞳がきらきらと輝いている。

よく見ると、左目の下に泣きぼくろがあり、何とも言えない色気を醸し出していた。

その滅多にないほどの存在感に気圧《けお》され、瞬きもしないで見つめていると、隣にいるジョシュア師団長が気になる様子で尋ねてくる。

「それほど夢中になって見つめ続けるとは、ルチアーナ嬢はアレクシスに興味があるのか？」

「アレクシス……様？」

それは昨日説明を受けた際に出てきた、海上魔術師団長の名前だったはずだ。

ジョシュア師団長は何度もその名前を繰り返していたのだから――アレクシス・カンナ海上魔術師団長と。

「ああっ！」

昨日もその名前に聞き覚えがあるような気がしていたけれど……。

「お、思い出したわ！　夏限定イベントの攻略対象者じゃないの!!」

私の知っているゲームの中の彼は、襟足のところできっちりと髪を切り揃えた短い髪型をしていた。

そのため、最初は誰だか分からなかったけれど、顔立ちも名前も一致するので、同一人物で間違いないはずだ。

王国魔術師団を構成する三つの団のうちの一つ、海上魔術師団の師団長であるアレクシス・カイ・カンナ海上魔術師団長その人で――。

まあ、どうしてこんなところで遭遇するのかしらと驚きながら、私は目を丸くしてアレクシス師団長を見つめ続けたのだった。

◇　◇　◇

乙女ゲーム『魔術王国のシンデレラ』では、プレイヤーを飽きさせない工夫として、季節ごとに様々なイベントが実施されていた。

その中の一つに、夏の間だけプレイできる限定イベントがあったのだけれど、その際に恋の相手として追加されたキャラがアレクシス海上魔術師団長だった。

「ひと夏の恋」というキャッチフレーズで、期間限定感を出したにもかかわらず、人気が出過ぎたために、季節イベントが終わった後も引き続き楽しめるようにと、正式に追加されたキャラでもある。

「ど、どうしてそんな相手とこんなところで出会ってしまったのかしら!?」

そもそもアレクシス師団長が初めて登場するのは夏のイベントだから、初冬である11月末には出番がないはずなのに。

両手で頬を押さえ、自分の考えに没頭していると、隣から硬質な声が響いた。

「『攻略対象者』？　ルチアーナ嬢はアレクシスを攻略するつもりなのか？」

はっとして顔を上げると、ジョシュア師団長が強張った表情で私を見下ろしていた。

そのため、しまった、咄嗟に迂闊《うかつ》な言葉を口にしてしまったわ、と反省する。

私は笑みを作ると、誤魔化すための言葉を発した。

「ええと、その、海上魔術師団員の多くは水魔術がお得意だと聞いています。我がダイアンサス侯爵家は代々、水魔術を血統の属性魔術としてきましたので、使用のこつを教えてもらえないかなと思ってですね」

「水魔術の使用法？」

苦しい言い訳だわと思いながら口にすると、やっぱり納得がいっていない様子のジョシュア師団長が顔をしかめる。

ううう、そうよね。誤魔化しが得意なのはお兄様で、私ではないのよね。

「えっ、ええ、そう言いたかったのですが、慌てていて『攻略』という単語を使用してしまいました。これでは本来の意味から遠くなってしまううえ、意味が分からないですね」

無理矢理そう締めくくると、ジョシュア師団長は確認するかのように尋ねてきた。

「それでは、ルチアーナ嬢はアレクシスに興味があるわけではないのだな？」

「アレクシス海上魔術師団長に興味がある……」

ゲームにおける夏限定のイベントは、季節限定ものだけあってプレイ時間が短くて済んだため、前世の私は気軽に手を出した。

そして、そのイベントのお相手はアレクシス海上魔術師団長固定となっていたため、ひと夏の間、彼の性格や過去を少しずつ知っていき、画面越しにときめいていたのは事実だ。

さらに、彼が抱える問題に心を痛め、それが解決した際には、夜中に大声を上げるほど喜びはしたけれど、……それらはあくまでゲームの中の話なのだ。

この世界において、私は今初めてアレクシス師団長を目にしたし、彼の性格や能力だってゲームの中のキャラとは異なっているかもしれない。

「ええと、有名な方ですので、何かでアレクシス師団長の絵姿をお見かけしたことがあったのだと思います。そのため、知っている方に会ったような気持ちになったのですが、実際には初対面ですし、積極的に近付こうとは思いません」

「そうか」

師団長がほっとした様子を見せたところで、パーティーの開催を告げるラッパの音が鳴り響いた。

どうやら時間になったようで、アレクシス師団長が一段高く設《しつら》えられた台に登ると、パーティー開催の挨拶を行う。

「本日はたくさんの人々にお集まりいただき感謝する！　これから本格的な冬が始まろうとする時季に、季節を無視した船遊びを楽しもうじゃないか！　本日の参加者は我が師団の勇敢なる師団員たちと賢くも美しい女性たち、それから、そのおまけたちだ。全力で歓待するので、全力で楽しんでくれ!!」

アレクシス師団長の挨拶の後に、たくさんの拍手と口笛、ラッパの音が響き渡り、それから、私たちが乗っている船が出航していった。

何とも楽しそうな雰囲気に、海上魔術師団のパーティーのありようを見たように思った私は、思わず顔をほころばせる。

それから、流れていく景色を興味深気に眺めていたのだけれど、隣に立つジョシュア師団長は苦虫を噛み潰したような表情を浮かべると、腹立たし気な声を漏らした。

「おまけで悪かったな！」

「ええと、ジョシュア師団長……」

確かにアレクシス師団長は挨拶の中で、出席者を大雑把に三分類していた。

その分類によると、ジョシュア師団長は「おまけの出席者」に入るけれど、実際には師団長がVIPであることは間違いないはずだ。

そう言葉を続けようとしたけれど、ジョシュア師団長は私の言葉を制するように片手を上げた。

「いや、慰めは不要だ。私が呼ばれた意味は分かっている。アレクシスにとっての余興だ。そもそも本日のパーティーは、海上魔術師団員の中でも特に戦果を上げた者たちを労《ねぎら》うために開催されている。そのため、イベントを盛り上げようと、話術が巧みな美しい女性たちも招待されている。そのどちらにも当てはまらない者は余興要員だ」

「まさかそんなことはありませんよ」

とは思うのだけど、あるのかしら。陸上魔術師団長ともあろう者を、余興のために引っ張り出すようなことが。

答えが分からずに困った気持ちで周りを見回したところ、軽薄そうな格好をした給仕姿のサフィアお兄様が視界に入ってきた。

そのため、私はまじまじと兄を見つめる。

頬を染めて見上げてくる女性たちに、微笑みながら綺麗な色の飲み物が入ったグラスを手渡している兄を。

……あるかもしれないわね。もしもアレクシス師団長がサフィアお兄様と似通った性格をしているのならば。

そして、記憶を辿ってみれば、ゲームの中のアレクシス師団長は享楽的でその場限りの楽しみを求める人物だったわ。

なぜなら彼は周りの誰も信用しておらず、未来に希望を抱いていないため、今この時さえ楽しければいいと考えるタイプだったのだから。

うーん、お兄様にしろ、アレクシス師団長にしろ、好き勝手に行動するタイプなので、真面目なジョシュア師団長が苦労するのだわ。

というか、ジョシュア師団長にいつも苦労をかけていることが、サフィアお兄様の妹として申し訳ないわね。

「アレクシス師団長が何らかの意図を持ってジョシュア師団長を招待していたとしても、やりたくないことには付き合わなくてもいいと思いますよ。それから、いつもお兄様がご迷惑をかけてすみません。ところで、そのお兄様を見つけたので、ちょっと話をしてきますね」

ジョシュア師団長の話では、兄は髪が短くなった私の名誉を回復するために、アレクシス師団長との接触を試みているとのことだった。

けれど、髪が短くなったのは私が無茶をしたからであって、兄は一切関係ないのだから、兄が私をフォローする必要はないのだ。

兄はもっと自分のために時間を使うべきだと思う。

そう考えながら一歩踏み出すと、突然伸びてきた手に手を取られた。

「えっ？」

驚いて見上げると、先ほどまで話題にしていたアレクシス海上魔術師団長が私の手を掴んでいた。

「初めましてお嬢さん。今日は我が師団のパーティーに参加してくれてありがとう。初めて見る顔だから、自己紹介をしてもいいかな？　アレクシス・カンナだ」

慣れた様子で名前を名乗るアレクシス師団長は、遊び人にしか見えない表情を浮かべていた。

そのため、できるだけ早く逃げ出したい気持ちに襲われる。

私は握られた手を放してもらおうと、相手が望むままに名を名乗った。

「初めまして、ルチアーナ・ダイアンサスです」

「ダイアンサス？　というと、高名なるダイアンサス侯爵家のご令嬢かい？　これは失礼した。『高貴なる撫子の君』に対して無礼だったたな」

そう言いながらも手を放す様子を見せず、握った手に少しだけ力を込めて意味あり気に見つめてくるアレクシス師団長は、どこからどう見ても世慣れた大人だった。

うっ、やっぱりこの手のタイプは一番苦手だわ。

手を放してほしいけれど、はっきり言ってもいいものかしら。

それとも、うんと年上で立場も上の人に対して失礼に当たるかしら、とぐるぐると考えて動けずにいると、後ろからジョシュア師団長の手が伸びてきて、アレクシス師団長の手を私から引き離した。

「これはこれは、私は心から撫子の君の手の感触を楽しんでいたというのに、無粋な者がいたものだ」

アレクシス師団長はわざとらしく外された手をまじまじと見つめると、視線だけを動かしてジョシュア師団長を見やる。

「と思ったら無粋者の君か。それならば納得だな、ジョシュア陸上魔術師団長」

アレクシス師団長の表情に驚いている様子はなく、その声にからかう響きがあったので、恐らく最初から、私がジョシュア師団長と一緒にいたことを知っていたのだろう。

そのうえで、アレクシス師団長は敢えてジョシュア師団長を挑発するような行動を取ったのだ。

そのことを理解しているだろうに、ジョシュア師団長は正面から受けて立つ様子を見せた。

「ルチアーナ嬢は私がエスコートしてきた相手だ。むやみやたらに触れないでくれ」

「おや、君が公式の場に女性を伴うのは初めてじゃないか？　だとしたら、彼女が君の『遅い春』のお相手か」

アレクシス師団長が興味深そうに口にした言葉が耳に残り、思わず繰り返す。

「『遅い春』？」

すると、アレクシス師団長は含み笑いをした。

「ふっ、師団内では有名な話だよ。誰よりも職務に忠実なはずのジョシュア・ウィステリア陸上魔術師団長が、先日接触した『星《ほし》の紅乙女《べにおとめ》』について、必要最小限の報告しか上げなかったということはね。第一級秘匿事項に当たる超重要人物と接触しておきながら、ろくすっぽ報告を上げないとは、およそ彼らしくない行動だ。だからこそ、噂になって広まっているのさ」

アレクシス師団長はそこでわざとらしく言葉を切ると、意味あり気にジョシュア師団長を見つめたけれど、ジョシュア師団長は挑発に乗ることなく無表情で見返した。

そのため、アレクシス師団長はつまらないなとばかりに肩を竦める。

「その噂とは、『星の紅乙女』に接触した時、ジョシュア師団長が想い人を伴っていたのではないかというものだ。だからこそ、そのお相手が話題に上ることがないよう、彼はその事案自体についてほとんど報告を上げなかったのだろうとね。仕事人間のはずのジョシュア師団長が、同伴者を職務よりも優先させたとしたら、彼は本気だというのが皆の一致した意見だ。そのため、これまで1度も浮いた噂がないジョシュア師団長に『遅い春』が来たのだと噂され、皆からからかわれているのさ」

◇　◇　◇

アレクシス師団長が発言した『星の紅乙女』とは、『東星』のことだろうか。

周りの者に気を遣うジョシュア師団長であれば、その場に居合わせた私を含むお兄様、ラカーシュ、ルイス、ダリルに飛び火することがないよう、ことが大きくなるのを防ごうとすることはあり得る行動だ。

ただし、それを口にすると、私があの場に居合わせたことや、他にも数名の者がいたことを教えることになるので、慎重にならなければいけないと自分に言い聞かせる。

私は曖昧な笑みを浮かべると、東星とは無縁の答えを返した。

つまり、アレクシス師団長が発言した『彼女が君の「遅い春」のお相手か』という言葉だけに着目して、返事をしたのだ。

「まあ、もしも私がこれほど素敵なジョシュア師団長に春を呼び込めるとしたら、すごく光栄なことですね」

するとジョシュア師団長は驚いた様子で切れ長の目を見開いた。

そのため、あれ、気を付けて発言したつもりだけれど、言ってはいけないことを言ってしまったのかしらと心配になる。

困った気持ちでジョシュア師団長を見上げると、彼はふわりと微笑んだ。

「そのような言葉を返されるとは、私にとって光栄の極みだ。藤の花は春にしか咲かない。私に春を呼び込んで、花を咲かせることができるのはあなただけだ」

「まあ、それは……」

困ったわね。とんち問答のような言葉を返されてしまったわよ。

婉曲な言葉過ぎて、師団長が何を言いたいのかがさっぱり分からないわ。

どう返事をしたものかしらと次の言葉を考えていると、アレクシス師団長が感心した声を上げた。

「ははっ、すごいな！　私が考え得る最高に刺激的な言葉を発しても、ジョシュア師団長は無表情を貫いていたのに、ルチアーナ嬢が好意的な言葉を発しただけで、他の一切が目に入らなくなるとはね！　これはまた、噂以上に彼女に夢中じゃないか」

「その通りだ。そして、私にも人並みに独占欲はある。だから、これ以上私の想い人に近付かないでくれ！」

売り言葉に買い言葉でもないだろうが、切れ味鋭い発言をしたアレクシス師団長に対して、ジョシュア師団長はきっぱりと言い返していた。

そのため、私はあんぐりと口を開ける。

えっ、こんなに堂々と宣言するのね、と心の底からびっくりしたからだ。

確かにジョシュア師団長から、『あなたが私の想い人だということを表明してもいいかな』とは言われていたけれど、もう少し婉曲かつ穏便に気持ちを表明するものだと思っていた。

だからこそ、こんなにストレートに発言されたことに驚愕したけれど、逆にここまで発言してくれたのならば、誰も私に粉をかけようとしてこないはずだと思い直す。

軽薄な男性は私の苦手とするところなので、この場にいる海上魔術師団員の全員がアレクシス師団長のように軽いタイプならば、願ったり叶ったりではないだろうか。

そう考えていると、耳元で聞きなれた声が響いた。

「やあ、私の小さな撫子はモテモテだな。軽薄な男性が多いから、このパーティーには参加しないということで話がついていたかと思ったが、まさか堅物の保護者代理を口説き落として参加するとは思いもしなかった」

はっとして顔を上げると、予想通り面白がっているような表情の兄が立っていた。

「2人の王国魔術師団長を手玉に取るとは、素晴らしい手腕じゃないか」

うわあ、お兄様らしいセリフではあるけれど、一体何てことを言うのかしら。

既にこの場は十分混乱しているから、これ以上茶々を入れることは止めてほしいのだけど。

そう考えながら顔をしかめていると、いち早くアレクシス師団長が声を上げた。

「サフィアじゃないか！　楽しそうな場面を見逃さずにすかさず入り込んでくるあたり、お前は本当に優秀だな！　そして、まるで旧知の知り合いであるかのように、侯爵令嬢に馴れ馴れしく話しかけるとはやり手だな！　先ほどは彼女の耳元で何とささやいていたのだ？　さすがの私でも躊躇する行動だが、これが色男の特権なのか？」

そう言いながらばしりと兄の背中を叩いたアレクシス師団長を見て、私はびっくりして目を見開く。

えっ、昨日まで面識がなかったはずのアレクシス師団長から、これほど親し気に話しかけられるなんて、お兄様は一晩で何をやらかしたのかしら。

警戒心が強そうなアレクシス師団長の懐に入り込むなんて、とんでもない手腕じゃないの。

隣に立つジョシュア師団長も同じことを考えたようで、腕を組むとわざとらしくじろじろと兄の全身を見やった。

「確かにこちらの給仕は嫌になるくらいの色男のうえ、頭も切れそうだから、やりたい放題の人生を送っているのだろうな。そして、恐らく私のようなタイプの者が苦労させられているのだろう。

……くそう、なぜ面と向かって嫌味を言っているのに、彼はにやにやしているんだ!?」

アレクシス師団長が兄と私たちが知り合いだと気付いていないのをいいことに、ジョシュア師団長も兄を知らない振りをすることにしたようだ。

そして、ついでに兄に嫌味を言ってみたところ、兄がダメージを受けるでもなく、逆に面白がっている態度を見せたため、腹立たしくなったようだ。

そんなジョシュア師団長の姿はアレクシス師団長の目に面白く映ったようで、アレクシス師団長は楽し気な笑い声を上げる。

「ははは、すごいな！　出会ってすぐにジョシュア師団長が手玉に取られているじゃないか。君がそれほどイライラしているところを初めて見たぞ。信じられないだろうが、君を苛立たせたこの優秀でとっておきの給仕係は、我が海上魔術師団の団員ではなく、ほんの昨日スカウトしてきた者なんだ」

そう言うと、アレクシス師団長は得意げに兄の肩に腕を置く。

「それなのに、女性への対応、給仕としての身のこなし、会話や発音、全てが完璧で、初めから出来上がっていたんだから驚愕するしかない!!　我が師団が開くパーティーでは、賢く美しい女性たちを必ず招待することにしているが、彼女たちが満足するほどの男性を周りに配置することに毎回苦労していてね。それがどうだ!?　サフィアは歴代最高の『花々の癒し』として、彼女たちの全員を満足させているんだ!!」

アレクシス師団長は興奮した様子で兄の自慢をしたけれど、ジョシュア師団長と私はそうでしょうねと頷いただけだった。

なぜなら兄は、これでもれっきとした侯爵家令息で、幼い頃から厳しい貴族教育を受けてきたため大抵のことはできるし、女性を快適にさせるのは紳士としてお手の物だからだ。

「アレクシス、お前だって幼い頃から貴族教育を叩きこまれてきたのだから、大抵のことはできるだろう。生まれて初めて給仕をしたとしても、それなりのものになるはずだ。それと同じことだ」

ジョシュア師団長がそう諭したけれど、アレクシス師団長は唇を歪めただけだった。

その態度を見る限り、どうやら本当に兄が貴族だと気付いていないようだ。

兄は骨の髄まで貴族教育が身に付いているから、所作は美しいし、発音にも一切の訛《なま》りがないので、同じ貴族であるアレクシス師団長は気付きそうなものだけど……兄の順応力は半端ないので、きっと庶民しか知らない情報を数多く披露して、アレクシス師団長を誤解させたのだろう。

そして、兄は学生の身だから、貴族のパーティーにはほとんど顔を出さないので、これまでアレクシス師団長と面識がなかったのだろう。

「私の部下が『ダイヤの原石を見つけました！』とサフィアを連れてきた時は、確かにその通りだと思ったが、大いなる間違いだった。サフィアは既にカットされてピカピカに磨き込まれた、完成された装飾品だったのだからな。そのため、元々の予定では、昨晩一夜漬けで彼に給仕訓練を施すはずだったが、全て不要になった。代わりに、私との晩餐に付き合ってもらったが、彼が博識で話が面白いことといったら驚くべきレベルだった。こんな人物が市井《しせい》にはいるのだなと、世界の広さを目の当たりにした気持ちだよ」

「なるほど。恐らく、彼こそが世界の最高峰、もしくは最深部だ」

興奮した様子のアレクシス師団長に対して、ジョシュア師団長は皮肉気に言い返したけれど、その態度を見たアレクシス師団長は馬鹿にされたと感じたようだ。

「…………」

そのため、アレクシス師団長が押し黙ったところで、兄がトレーに載っていたグラスを私に差し出してきた。

「ルチアーナ、飲んでおきなさい。この船の上は高温で乾燥しているから、水分を多めに取っておいた方がいい」

その言葉を聞いて初めて、アレクシス師団長は兄と私が知り合いだと気付いたようだ。

「君たちは旧知の仲なのか？」

訝し気に質問してくるアレクシス師団長に対して、兄はにやりとした笑みを浮かべる。

「ああ、この世で最も親密な間柄だ」

「は？　だが、彼女はジョシュア師団長の想い人ではないのか？」

笑みを浮かべたまま答えない兄を見て、アレクシス師団長はやられたとばかりに前髪をかき上げた。

「ははは、サフィアは本当に私の意表を突いてくるな！　昨夜、私はサフィアと賭けをしたのだ。私は全てに飽いているから、もしも彼が私の退屈を吹き飛ばしてくれたら、彼の望みを何だって叶えるとね」

そう言ったアレクシス師団長は、言葉通りこの世の全てに飽きているように見えた。

この世界の基になったゲームをプレイしたことがある私は、アレクシス師団長の態度は彼の過去に由来していることを知っていたため、何とも言えない気持ちになって口を噤む。

けれど、アレクシス師団長の過去を知らないジョシュア師団長は、呆れた様子で片方の眉を上げた。

「初対面の相手に対して、お前がそれほど簡単に約束を交わすとは信じられない思いだな」

◇　◇　◇

アレクシス・カイ・カンナ海上魔術師団長。

弱冠29歳で海上魔術師団のトップを務める鬼才であり、カンナ侯爵の一人息子だ。

なぜ一人息子なのかというと、両親の仲が悪かったため、それ以上子どもが生まれなかったからだ。

カンナ侯爵家の者は代々赤い髪を持って生まれてくるけれど、アレクシスの髪に赤い部分はなく、オレンジ色と黄色が混じった髪をしていたため、生まれた瞬間から不義の子だと見なされ、元々悪かった夫婦仲が修復不可能なまでに悪化したのだ。

カンナ侯爵夫人が結婚前に噂になった恋人はオレンジ色の髪をしていたし、結婚後に噂になった恋人は黄色い髪をしていた。

そのため、アレクシスはその髪に母親の罪を映し出している、というのがもっぱらの評判だった。

明らかに自分とは異なる髪色の息子が生まれたことが原因なのか、あるいは元々の関係が悪かったのか、カンナ侯爵は結婚後に複数人の恋人を持ち始める。

そして、隠すでもなく、恋人たちをレストランや劇場に同伴させた。

一方、カンナ侯爵夫人は社交に喜びを見出し、個性的で流行に沿ったサロンを開催するとともに、最先端のドレスを身に纏って夜会に出席することで、多くの人々の憧憬を集めるようになった。

そして、「社交界の華」として、絶対的な発言力を持つようになった。

侯爵夫人がパトロンとなっている若い芸術家たちが、彼女と恋人関係にあることは周知の事実であり、侯爵と侯爵夫人が揃って姿を見せるのは、今や王城主催の夜会くらいであった。

そんな2人の子どもであるアレクシスは幼い頃から聡《さと》く、両親の関係性も世間の評判も正しく把握していた。

そのため、なぜ彼が両親のどちらからも関心を持たれないのか、重要なはずの家族の記念日に2人とも出席しないのかということに、疑問を覚えることはなかった。

そして、幼い頃から愛情を受けることがなかったアレクシスは、感情面がほとんど成長しなかった。

しかしながら、その代わりに俯瞰《ふかん》して物事を見る癖が付き、それが自分のことであっても、遥か高い位置から見下ろすかのように、冷静に物事全体を見つめることができるようになった。

さらに、アレクシスの元々の器用さも相まって、それが何であれ淡々と一人でこなし、物事を実行することに困難性を感じることはなかったため、人の手を借りない癖が付いた。

また、アレクシスは両親から1度も何かを望まれることがなかったし、期待されることもなかったため、彼も他の者に対して、何かを望んだり、期待したりすることはなかった。

そもそも彼は周りの誰も信用しておらず、未来に希望を抱いていなかったため、今この時さえ楽しければいいと考えるタイプに成長したのだ。

その結果、彼にとってその場限りの驚きや喜びは存在したものの、何をしたとしても彼の感情の深い部分にまで到達することはなかった。

アレクシスにとって特別なものは何もなく、全てに飽いていたのだ。

「……というのが、ゲームの中のアレクシス海上魔術師団長のキャラだけど、この世界のアレクシス師団長も同じ過去を持っているのかしら？」

私は化粧室で鏡を見つめながら、小首を傾げた。

考えを整理しようと化粧室までやって来たのだけれど、不確定事項が多過ぎて、結論を出すことができなかったからだ。

「でも、これまでのことから推測すると、この世界の大まかなところはゲームと一致しているから、少なくとも似たような過去を持っているはずよね。そもそもゲーム通りのキャラだとしたら、本来のアレクシス師団長は繊細で感受性が豊かな人物のはずだわ。それなのに、幼い頃の経験が原因で、本来の性格が奥底に閉じ込められているのよね」

だから、今の彼は厭世《えんせい》的で悲観主義者なのだけど、それを上手く覆い隠して、明るい陽気キャラに見せているのよね。

あまりにチャラチャラっとし過ぎているから、遠ざかりたい相手ではあるのだけれど、サフィアお兄様が近付いているから、完全に避けるのは難しいし。

と、兄に思考が移ったことで、私は顔をしかめた。

「そのお兄様だけど、一体何を考えているのかしら？」

アレクシス師団長の両親が不仲で、息子に無関心な話は有名だから、きっとサフィアお兄様もそのことを知っているはずだ。

そのため、カンナ侯爵夫人の影響力を借りることについて、息子であるアレクシス師団長の約束を取り付けたとしても、カンナ侯爵夫人が息子のために動かないことくらい分かっていると思うのだけど。

というか、そんな風に家族関係が複雑で、重い思いを抱えているアレクシス師団長に、私が抱えるちっぽけな悩みを解決してもらおうと考えること自体が間違っているわよね。

「あっ、思いがけない効果が表れたわ！　アレクシス師団長のことを考えたことで、髪が短いことが大した問題でないように思えてきたわよ」

そう勇ましい言葉を口にすると、私はきりりと気持ちを切り替えて化粧室を出た。

階段を上ってデッキに出たところで、私を待っていてくれたジョシュア師団長が近付いてくる。

うーん、相変わらずジョシュア師団長は完璧ね。

きちんとパートナーを待っていてくれるうえ、待っている場所が化粧室の前でないところが素晴らしいわ。

やっぱり女性からモテる男性には、明確な理由があるのね。

そう感心していると、ジョシュア師団長が小さなコップを差し出してきた。

中を覗き込むと、一口大のパンが10個ほど入っている。

何かしら、と首を傾げていると、師団長は船の縁に立って、身を乗り出している女性たちを指し示した。

「カモメの餌だ。カモメの主食は魚だが、人から与えられて味を覚えたため、いつの間にかパンが好物になったらしい。投げてやると喜んで食べるし、カモメたちも餌を与えられることを期待して、船の横を飛んで付いてくるのだ」

説明を受けながら女性客に視線をやると、確かにカモメに向かってパンを投げており、その周りにはパンを期待したたくさんのカモメが飛んでいた。

「まあ、楽しそうですね！」

私はいそいそと船の縁に近付くと手すり《ハンドレール》に手を掛け、さっそくひとかけらのパンを手に取ってカモメに向かって投げてみる。

すると、カモメがすいと飛んできて、空中でぱくりとパンを受け止めた。

「すごいわ！　このカモメはパンをキャッチする名人だわ！」

楽しくなって、次々にカップの中のパンを放り投げると、たくさんのカモメが近付いてきて、どのパンも上手に空中でキャッチした。

全てをやり終えて、楽しかったと笑っていると、少し離れた場所で兄が私を見つめていることに気が付く。

まあ、子どもっぽいところを見られてしまったわ、と頬を赤くしていると、兄が楽しそうに手を振ってきた。

何だか楽しくなって手を振り返していると、ばさりと聞きなれない羽音が近くで聞こえる。

何かしらと驚いて視線を巡らせると、見たこともない極彩色の鳥が飛んできて目の前を横切ったかと思うと、そのまま兄の肩に止まった。

「えっ！　お兄様は餌をやってもいないのに、鳥が自ら近付いてきて肩に止まったわ！」

しかも、兄の肩に止まった鳥は、赤に黄色に緑に青と、滅多にないほど派手派手しい色をしている。

「極楽鳥だな。しかし、見たことがない色の組み合わせをしているから新種か？」

私の後ろで、ジョシュア師団長が考えるかのような声を出したので、私も考えるかのように首を傾げた。

「一体どこから飛んできたのでしょうね？」

「ああ、それは」

師団長は長い手を伸ばすと、海の一方向を指し示した。

「海しかなかった海域を抜けたから、この付近には複数の島が存在しているのだ。それらの島から飛んできたのだろう。ほら、向こう側に島影が見えてきた」

指さされた方向に視線を向けると、はるか遠くに小さな島らしきものが見えた。

「まあ、ここはどの辺りなのかしら？　そして、あの小さな島の名前は何かしら？」

「可憐《かれん》なるご令嬢の前で言いにくくはあるが、この辺りは危険区域の一つだな。とは言っても、有能な航海士さえいれば問題ないが」

「えっ？　き、危険区域なんですか？」

穏やかそうな海に見えるけれど、と思いながらこわごわと周りを見回すと、ジョシュア師団長が考えるかのような表情で見つめてきた。

「ルチアーナ嬢は『魔の★地帯《バルシュミースター》』という言葉を聞いたことはないか？」

◇　◇　◇

「バルシュミースターですか？　……バルシュミー諸島《アイランズ》ならば聞いたことがありますけど」

我が国の東に位置する5、6島の島を、まとめてそう呼んでいたはずだ。

首を傾げながら答えると、ジョシュア師団長は大きく頷いた。

「素晴らしい知識だ。あなたの言う通り、この海域には六つの島が存在し、それらをまとめてバルシュミー諸島と呼んでいる。ただし、この諸島付近は岩礁が多くて船の航行が難しかったり、突発的な嵐が発生したりするため、『悪魔の島々』とも呼ばれている。しかし、最大の問題は『魔の★地帯《バルシュミースター》』と呼ばれる海域だ。これはバルシュミー6島のうち、それぞれ三つの島を結節した三角形を二つ組み合わせてできる星形の海域なのだが、この中に侵入した船は必ず消息を絶つと言われている」

「えっ、か、必ずですか？」

どうしてそんな恐ろしい海域が存在するのかしら。

というか、海上魔術師団はどうしてそんな危険な海域に近寄ろうとするのかしら。

私は長い距離を泳げないから、そんな話を聞いたら今すぐ帰りたくなるのだけど。

「ただし、乗船者については基本的に安全だ。なぜならこの海域は人を選ぶからね。というよりも、滅多なことでは人を呼ばないと言うべきか。この海域に入った船は忽然《こつぜん》と姿を消して行方不明になるが、乗船者は全員、周りにある六つの島のいずれかに弾き飛ばされるのだ。皆、何が起こったか分からないまま、目覚めたら島の上にいるというわけだ」

「そ、それはいいことですね！　とってもいいことです!!」

ジョシュア師団長の話が進むにつれてどんどん怖くなってきたので、縋るかのように目の前にある大きな腕をがしりと掴む。

そんな私の行動からも、師団長の話を怖がっていることは分かっているだろうに、ジョシュア師団長は持ち前の真面目さから全てを正直に話さなければいけないと思ったのか、情報を追加した。

「しかし、稀《まれ》に人も行方不明になることがある。『魔の★地帯《バルシュミースター》』に呼ばれた者ということなのだろうが、それらの行方不明者のうち、誰一人として戻ってきた者はいない。そのため、どこに行ったのか、どうして戻ってこられないのかといった、一切は不明となっている」

「そ、それはとっても恐ろしいですね!!」

私はこういうオカルトな話は苦手なのよね、と思いながらさらに師団長の腕に縋りつく。

すると、ジョシュア師団長は安心させるかのように私の腕を軽く擦ってきたけれど、説明を止めるつもりはないようで、さらなる情報を追加した。

「ああ、恐ろしい話だ。何が一番恐ろしいかと言うと、『魔の★地帯《バルシュミースター》』では一切の魔術が発動できないということだ。そのため、その海域から脱出する方法はなく、バルシュミー諸島に弾き飛ばされるか、不明の場所に連れていかれるかを待つしかないらしい」

「そ、そんなまさか！　そんな広範囲で魔術が使えなくなる話なんて、これまで聞いたこともありません!!」

恐怖を跳ね返したい気持ちになって、必死になって言い返すと、ジョシュア師団長は考える様子で髪をかき上げた。

「そうだな。『魔の★地帯《バルシュミースター》』から戻ってきた者たちの全員が、あの海域では魔術が行使できなかったと口を揃えるが、私やサフィアくらいの魔術師であれば、あるいは発動できるかもしれないな。いずれにせよ、これらの危険が起こるのは『魔の★地帯《バルシュミースター》』の中の話だ。腕のいい航海士がいれば、上手にその海域を避けていくから問題はない」

そう言われても恐怖は去らず、師団長の腕にしがみついていると、彼は申し訳なさそうな表情を浮かべた。

「どうやらあなたを怖がらせてしまったようだな。しかし、この船は一般客を大勢乗せているのだから、無茶はしないはずだ。海上魔術師団の航海士の腕前を見せつけようとして、わざと危険海域に近付いたようだが、そろそろ引き返すだろう」

「そ、そうですよね。そうでしょうとも。そうだと思いました」

師団長の言う通りだわ。一般客をたくさん乗せているのだから、この船が無茶をするはずないわよね。

そう自分に言い聞かせながら、こくこくこくと頷いていると、突然辺りが騒がしくなった。

一体何事かしらと思っていると、バタバタと目の前を1人の師団員が走っていく。

突然の慌ただしさにびっくりしたけれど、師団員の表情があまりに切羽詰まっていたため、何か大変なことが起こったのかしらと、心臓がどきりと跳ねる。

私と同じように、ジョシュア師団長も師団員の表情に常にないものを感じたようで、長い手を伸ばすと、走っている師団員の首根っこを捕まえた。

「え？　あ、な、何をするんですか！」

「問題が発生したのであれば、私も協力しよう」

師団員は焦ったようにジョシュア師団長を見上げたけれど、相手が何者であるかに気付いた途端、はっと息を呑む。

それから、助けを求めるかのように、慌てた様子でしゃべり始めた。

「ふ、船の羅針盤が壊れました!!」

「何だって!?」

ジョシュア師団長は師団員を連れて人気のない場所に移動すると、より詳細な質問を開始する。

「つまり、元の港に戻るのが難しくなったということか？」

「い、いいえ、それどころではありません！　原因不明の強い流れが発生して、船が流されているんです!!」

「そんな馬鹿な！　この船は最新式の……」

師団長が言いかけたところで、突然、空が真っ暗になり、大粒の雨が降り出した。

黒雲の中で稲光が斜めに走り、強風が吹き始める。

「何だこの天候は！　これほど突然に天候が変わるなど、聞いたことがないぞ!!」

そう言いながらも、師団長はドリンクテーブルに飾られていた薄布を取ると、私の頭に被せてくれた。

「ルチアーナ嬢、外は危険だから船の中に入っていてくれないか。一人にして申し訳ないが、私はこの船の航行が正されるよう、魔術で補助してくる」

「えっ、あの……」

雷が鳴っていたため、危険だわと顔を上げた途端、今度は紺色の布が視界を遮った。

驚いて瞬きをしたところで、ずぶ濡れになった兄が、自分が着ていた紺色のベストを私の頭上に被せようとしていることに気付く。

「ルチアーナ、それ以上濡れたら風邪を引く。ジョシュア師団長に言われた通り、船内に入っていなさい」

どうやら兄も、私を心配して駆けつけてくれたようだ。

「お、お兄様、雷が鳴っているので……それに、雨と風が激しいので……」

言いかけた私の体を反転させると、兄は船内に続く扉に向かって私の背中を軽く押した。

「ああ、そうだな。お前に心配をかけないよう、落雷があったら避けよう。雨風にもできるだけ当たらないようにしよう。しかし、これくらいの天候であれば心配は不要だ。ルチアーナ、私は大丈夫だから船の中に入っていなさい」

私がこの場にいる限り、兄は心配で動くことができないと思われたため、後ろ髪を引かれながらも言われた通りに扉に向かって走っていく。

すると、背後から兄の面白がるような声が聞こえた。

「ははは、ジョシュア師団長、水も滴るいい男とはこのことだな。しかし、残念なことに、この場の全員が雷雨から逃げ惑うことに夢中で、誰一人色気溢れるジョシュア師団長に着目していないようだぞ」

「ふっ、お前の酷い言葉も、時と場合によっては嬉しく感じるものだな。お前から軽口が出るのであれば、まだ何とかなるのだと安堵できるからな」

そう言いながら手袋を取り外した2人だったけれど……。

結論から言うと、2人ともに魔術を発動することができなかった。

そして、コントロールを失った海上魔術師団の帆船は、そのまま危険区域に侵入したのだ。

――その日、『魔の★地帯《バルシュミースター》』において帆装の大型船が消息を絶った。

幸いなことに、乗船者のほとんどはバルシュミー諸島に飛ばされて無事だった。

けれど、……どれだけ探してもサフィア、ルチアーナ、ジョシュア陸上魔術師団長、そして、アレクシス海上魔術師団長の4人を見つけることはできなかった。

彼らは『魔の★地帯《バルシュミースター》』に呼ばれたのだ。

SIDE STORY

【SIDE】ダリル「ルチアーナに希望され、攻略対象者＋αに魅了をかける」

ダイアンサス侯爵邸で暮らすようになってからしばらく経った日のうららかな昼下がり。

侯爵邸のテラスでおやつを食べていると、目の前に座るルチアーナお姉様が質問してきた。

「ねえ、ダリル、魅了の魔術ってどれくらい効果があるものかしら？」

「魅了の魔術の効果？」

どうしてそんなことが気になるのだろう、と不思議に思って尋ね返すと、お姉様は考えるかのように首を傾げた。

「私はこれまで1度も、魅了の魔術にかかった人を見たことがないの。以前、ラカーシュ様の態度が普段とは異なる気がして、魅了状態に違いないと思い込んだことがあったけれど、私の勘違いだったわ。今思えば、正しい魅了状態を知っていれば、起こらなかった間違いじゃないかしら。だから、今後、同じようなことが起きた時のために知っておきたくて」

「それはもっともな考えだね。百聞は一見に如かずって言うから試してみようか」

そう返したところで、執事が来客を告げに来た。

運がいいのか悪いのか、訪問客はたった今話題にしていたラカーシュ本人だった。

「飛んで火に入る夏の虫とはこのことだな」

「いや、今は秋よ」

お姉様は可愛いな。いつだって、こんな風に生真面目に返してくるんだから。

「お姉様、ラカーシュに魅了をかければ、お姉様が勘違いした時の彼の態度との差分が取れて、分かりやすいんじゃないかな」

「えっ、それはどうなのかしら。さすがにお客様に対して無断で魅了をかけるのは……」

お姉様が反論しかけたところで、執事に案内されたラカーシュが現れる。

「ルチアーナ嬢、突然訪問してすまない。先日の……」

頬を赤らめながらお姉様を見つめるラカーシュの姿は、既に魅了にかかっているようなものだった。

そのため、こんなに分かりやすく表情に出る者が、「歩く彫像」と呼ばれているんだなと、世の中の不思議を考える。

「ラカーシュ」

お姉様との会話に夢中な様子だったけれど、割り込むように呼びかけると、ラカーシュは不快感を示すでもなく、礼儀正しい表情で僕の方を向いた。

僕は素早く椅子の上に立ち上がって距離を詰めると、彼の瞳を至近距離で覗き込む。

「魅了発動👁ラカーシュは・ルチアーナが・大好き♥」

僕が呪文を発した瞬間、ラカーシュの瞳に魅了にかかった印であるピンク色が浮かび上がったけれど……それはびっくりするほど薄かった。

「うわー、さすが筆頭公爵家の嫡子だね。色々と体質的に獲得しているのか、魔道具を身に付けているのかは分からないけど、恐ろしいまでの異常耐性だ。こんなに効かないのは初めてだよ」

こんな色の薄さだったらほとんど効いていないのじゃないかな、と思ったけれど、ラカーシュはくるりとお姉様に向き直ると、がしりとその両手を摑んだ。

「ルチアーナ嬢、2年もの間君に会えなくて、寂しさで胸が張り裂けそうだった！」

「2年？ いえ、2日の間違いですよね。あれ、魅了って日付を勘違いさせる魔術だったのかしら？」

首を傾げているお姉様を横目に見ながら、僕は心の中でつぶやく。

日付を勘違いさせる魔術だなんて、……そんな地味で役に立たない魔術を代々引き継いできたのだとしたら、ウィステリア家は絶対に公爵家になれなかっただろうね。

呆れる僕のことなど全く目に入らない様子で、ラカーシュはお姉様に訴え続ける。

「ああ、君の言う通り、会えなかった期間は2日だけだったのかもしれない。しかし、一日千秋と言うように、1日ですら果てしなく長い時間に思えるのだから、2日も会えないとなればそれはもう永遠のようなものだ」

「な、何を言っているのか分かりませんが、あの……顔が近いです。ラ、ラカーシュ様の顔は整い過ぎているので、それ以上近付かれると、私の心臓がもちませんん!!」

お姉様はお客様に対して無断で魅了をかけるのは悪いと考えていたようだけれど、ラカーシュはこの状況を十分満喫しているようだ。

……お姉様の要望は、魅了の魔術にかかった人を観察したいということだったよね。

そのことを思い出した僕は、おやつをつまみながら、お姉様が魅了にかかった被験者の言動を確認するのを見守ったのだった。

……お姉様は観察していたというよりも、翻弄されていたように僕には見えたけど。

しばらくすると、ラカーシュはふと我に返った様子で顔を上げた。

「ルチアーナ嬢、私は先ほどから普段は言えないようなことを口にしている。どうやら冷静さを欠いているようだから、これで失礼するよ」

「あっ、はい! よ、よかった。ラカーシュ様に少しは冷静さが残っていたみたいで」

どうかな。冷静さを欠いているとラカーシュ本人が口にしていたけれど、彼はずっと冷静だったように見えたよ。

というか、魅了の印の色の薄さから考えると、僕のかけた魅了はちょっとした酩酊状態くらいの効果しかなかっただろうから、お姉様にアプローチしていた全ては、素直な彼の気持ちの表れだろうね。

「お姉様、今のはサンプルにならないからね。ラカーシュの言動は魅了の魔術によるものでなく、普段は隠している彼の心の裡が出てきただけだから」

お姉様にそう告げていると、今度はジョシュア兄上の訪問を執事が告げに来た。

どうやらサフィアを訪ねてきたようだが、彼は手が離せないため、少しばかり相手をしてほしいと執事から頼まれる。

「ダリル、次はジョシュア師団長にかけるのはどうかしら。相手の了承も取らずに魅了魔術をかけるのはどうかと思うけど、師団長ならば魅了の本家本元だから、笑って許してくれそうよね」

「いや、そもそも兄上は……」

お姉様と話をしている途中で兄上が現れたので、僕は兄にかがんでもらうと至近距離で瞳を覗き込む。

「魅了発動👁ジョシュアは・ルチアーナが・大好き♥」

けれど、兄上の瞳は一切変色することがなかった。

「だよね。今や魅了の継承者となった兄上にかかるはずがないよね」

そうつぶやいた僕の言葉は正確に状況を表していたはずなのに、なぜだかジョシュア兄上はお姉様の足元に跪くとお姉様の手を取った。

「えっ？」

お姉様は目を丸くしたけれど、それは僕だって同じだ。

えっ、ジョシュア兄上、何をやっているの？　1％も術にかかっていないでしょう!?

「ルチアーナ嬢、今しがたラカーシュ殿と侯爵邸内ですれ違った。私がどれほどあなたに魅せられているかを承知のうえで、あなたは彼を呼びつけたのか？　だとしたら、あなたは私をもてあそんでいるね」

えっ、兄上ってこんなに甘いセリフを吐くタイプだったの？

びっくりして見つめていると、兄上はお姉様の隙を見て、感謝を示すかのように僕にウィンクしてきた。

どうやら魅了にかかった振りをして、お姉様に言い寄れるチャンスをもらったと思ったらしい。

ジョシュア兄上のことは大好きだから、感謝されることは嬉しいけど……実の兄の本気のアプローチを見せられるって何の罰ゲームかな。


しばらくして、執事がジョシュア兄上を連れ去っていくと、僕は顔を真っ赤にしているお姉様に告げた。

「お姉様、今のはサンプルにならないからね。ジョシュア兄上はこれっぽっちも魅了にかかっていなかったから、あれはただの普段通りの兄上だから」

「えっ、そ、そんなはずはないでしょう。魅了状態でもないのに、私に対してあれほど甘いセリフを口にするはずないわ。あっ、そう言えば、収穫祭の時もあんな感じだったわよね。でも、あれは演技だったし……」

どうやらお姉様にとって、先ほどの兄上は馴染みがあるようだ。

兄上はやり手だなと思っていると、お姉様が困った様子で頭を抱える。

「あああ、ダメだわ。せっかくダリルに魅了をかけてもらったのに、魅了状態がどのようなものかがいまいちよく分からないわ。ラカーシュ様もジョシュア師団長も、普段と異なると言えばその通りだけれど、同じくらいおかしな状態を見たことがあるから……どうしよう、もう他に誰もいないわよね」

そこに、タイミングよくサフィアが顔を覗かせた。

「やあ、ルチアーナ、ダリルとお菓子を食べているのか？」

その瞬間、お姉様の目がきらりと輝く。

「ほほほ、ダリル、ここに飛んで火に入る秋の虫が来たわよ！　さあ、やってちょうだい」

「えっ、サフィアにかけるの？　それは絶対に止めた方がいいんじゃないかな」

相変わらずお姉様はとんでもないことを考えるな。

サフィアは絶対に引いてはいけないカードだと、どうして分からないんだろう。

サフィアの魔術は卓越しているから、独自の魔術耐性を身に付けていて、魅了は効かないと思うけど……どこまでも楽観的なお姉様は、期待する目でこちらを見ていた。

仕方がない、と僕はサフィアの目を覗き込む。

「魅了発動👁サフィアは・ルチアーナが・大好き♥」

……うん、ぜんっぜん色が変わらないね。

ジョシュア兄上のように魅了の継承者でもないのに一切魅了にかからないって、サフィアの体ってどうなっているんだろう。

探るようにサフィアを見たけれど、彼はなぜだか苦しそうに胸元を押さえていた。

あっ、遅かった。演技が始まったようだぞ。

「ルチアーナ、悪かった。私の愛情が不足していたせいで、お前はこのような術に頼ってまで、私の愛を得ようとしたのだな」

「えっ？　わた、私がおお兄様の愛を得ようとした!?　ちち違います!!」

純粋なお姉様はこんな簡単な演技に騙されるようで、びっくりした様子で飛び上がっていた。

うーん、顔を真っ赤にして言い返すお姉様はとっても可愛らしいな。

こんなに可愛いからサフィアが構い倒すんだよ。

そのことにそろそろ気付いてもよさそうなものなのに……と思ったけれど、純粋なお姉様はとっても可愛いし、このままでいてほしいから、僕は黙っていようっと。

そう考えて、お姉様が魅了状態の被験者であるサフィアを確認する様子を――実際にはサフィアはこれっぽっちも魅了にかかっていないから、逆にサフィアがお姉様をからかう様子を、黙って見守っていたのだった。

しばらくすると、お姉様をからかい終わったサフィアが満足した様子で去っていったので、僕は念のためにと、息も絶え絶えなお姉様に告げる。

「お姉様、今のもサンプルにならないからね。サフィアはこのうえなく普段通りだったから」

「えっ、あっ、そうね。あれが魅了状態だとしても、お兄様はいつも通りだったわ」

うん、そもそもかかっていないからね。

「お姉様、まだ続けるの？」

こてりと首を傾げて尋ねると、お姉様はぶんぶんと首を横に振った。

「いっ、いえ！　もういいわ!!」

「そう？」

「魅了状態がどのようなものかは分からなかったけど、魅了状態だとしても、そうじゃないとしても、誰一人私の手に負えないことは分かったから」

うーん、それはお姉様が相手にした3人が特別過ぎたからじゃないかな。

多分、あの3人は、この国中を探しても5本の指に入るくらいの特上の相手だよ。

そう思ったけれど、僕が告げるべきことではないなと考え、無邪気そうに見える笑みを浮かべる。

「だったら、魅了だとか、恋愛的なものとかは置いておいて、僕とお菓子を食べようよ！」

僕だってお姉様を独占したいんだからね。

お姉様は僕の笑みにつられたようで、楽しそうな笑顔になった。

「そうね！」

それから、僕とルチアーナお姉様は顔を見合わせて笑い合うと、２人でおしゃべりをしながらお菓子を食べ続けたのだった。

第2回パジャマパーティー

「お美しいご令嬢方、お目に掛れて光栄です。ビオラ辺境伯の嫡子でグレッグと申します」

「ビオラ家次男のジーンです」

誰もがうっとりと見惚《みと》れるような微笑を浮かべ、貴公子然として自己紹介をしてくるユーリア様の兄2人を見て、まあ、立派な騎士に見えるわねと驚いた。

魔術が尊ばれる我が国ではあるけれど、ビオラ辺境伯家は騎士道に重きを置いている。

そのため、2人は王都にある二大名門学園のうち、リリウム魔術学園ではなくロサ剣術学園を卒業していた。

前王家である薔薇《ロサ》家は代々、剣に秀でた一族だったため、ロサ王朝時代は騎士が重用されており、全盛期には薔薇家の名を冠した剣術学園が建設されたのだ。

その名残で、古くからある貴族家の中には、魔術師ではなく騎士を輩出する一族がいるのだけれど——貴族家の根幹を成すのはあくまで魔術なので、剣術と言いながらも、剣と魔術を組み合わせた『魔術剣士』という形で剣を振るっていた。

そして、辺境伯家のお2人は――グレッグとジーンは生粋の騎士だった。

現在、この2人は王宮で近衛騎士を務めており、その煌びやかな勤務先の影響なのか、きらきらしい笑顔で挨拶をしてくる。

けれど……私は前回のパジャマパーティーで、この2人がやんちゃな少年よろしく匍匐《ほふく》前進で長距離勝負をする映像を見ているのだ。

上半身裸になって池を泳いだり、頭に亀を乗せて地面を這《は》ったりする姿を。

そのため、貴公子然とした態度を見せられても、「いや、お二方はこんな貴公子タイプではありませんよね。もっとやんちゃですよね！」と否定したくなるのは仕方がないことだろう。

セリアも同じように感じたようで、2人で何とも言えない表情を浮かべていると、何かを察したグレッグが妹であるユーリア様に視線をやった。

「……ユーリア、どれを見せた？」

さすが王宮勤めの近衛騎士だ。私とセリアの態度から、グレッグは妹が魔道具で自分たち兄弟の秘蔵映像を見せたのではないかと即座に推測を立てたようで、用心深い声で妹に質問する。

ただし、妹が秘蔵映像を見せたにしても、その映像は無難なものであるとの希望的観測を抱いているようで、グレッグの顔には未だ取り繕った紳士的な笑みが浮かんでいた。けれど……。

「ふふ、領地での匍匐前進勝負、ノーカットバージョンです」

「それか！　お前、それは最悪のセレクトだ!!」

ユーリア様の答えを聞いた途端、グレッグは表情を一変させると、絶望的な声を上げた。

同時に、ジーンも呻き声を上げる。

「マジか！　ノーカットバージョンならば亀付きじゃないか!!　深窓のご令嬢は亀と戯れる騎士などお呼びじゃないぞ!!」

態度を一変させたビオラ辺境伯兄弟を見て、私はうんうんと頷く。

「あ、この態度です。これが私の知っている辺境伯家のご兄弟ですわ。あまりに爽やかな態度だったので、別人かと驚いてしまいました」

「いや、オレたちは初対面だよね。それなのにはっきりと『爽やか過ぎて、別人かと驚いた』と言われても……。ユーリア、お前、兄ちゃんたちの邪魔をするのもいい加減にしとけよ！　辺境伯家というだけで、ド田舎暮らしが待っていると思い込まれて女性から避けられるのに、粗野な性格まで暴露されたら、セールスポイントが何も残らないじゃないか!!」

初めは私に向かって話をしていたグレッグだったけれど、次第に腹立たしさを我慢できなくなったようで、最後は妹に向かって苦情を言い始める。

けれど、ユーリア様は兄の言葉を受け流すと、おかしそうに笑い声を上げた。

「ふふふ、どの道、お兄様方では相手になりませんわ。フリティラリア公爵家のセリア様に、ダイアンサス侯爵家のルチアーナ様ですもの。お二方ともに高嶺の花ですので、遠くから鑑賞するだけにしておいてください」

「『黒百合の方』に、『撫子の君』か！　それは確かに高嶺の花だな」

がくりと項垂《うなだ》れたグレッグとジーンに対し、ユーリア様は扇子をぱたぱたとはためかせた。

「ふふふ、今日はその高嶺の花々と我が家でお泊り会をしますの。とは言っても、お兄様方とお夕食を一緒にするわけではありませんし、部屋に籠りっぱなしになるかと思いますので、ここでの挨拶がお別れの挨拶も兼ねることになりますわ」

「お前……、せめて夕食を一緒にしてくれよ!!」

「というかお泊り会って、オレらのさらなる恥辱映像を見せて、今以上に株を下げる気だろう！

あああ、妹よ、お前は鬼か？　鬼なのか――――!?」

がくりと床に倒れ込んだお2人を見て、楽しそうねと微笑ましく思う。

初めてお会いしたけれど、ユーリア様のお兄様2人は朗らかな性格のようだ。

「ご挨拶いただきありがとうございました。今後もよろしくお付き合いくださいね」

「ええ、私ともお付き合いいただけたら幸いですわ」

セリアとともにそう挨拶を返すと、グレッグとジーンは2人で顔を見合わせた。

「弟よ、今の言葉は社交辞令なのか？」

「ははは、兄上、辺境伯家の田舎者は、社交辞令かどうかすら考えないものですよ！　言葉通りに受け止めて、今後も積極的にお付き合いすればいいのです!!」

「お前は天才だな！」

……本当に、ビオラ辺境伯兄弟は楽しそうだった。

――さて、本日はユーリア様宅でパジャマパーティーを実施する予定になっていた。

先日、開催したパジャマパーティーがあまりに楽しかったため、第2回を開催する運びとなったのだ。

前回同様、ビオラ辺境伯家が王都に持っているタウンハウスに集まり、前回は不在だったグレッグとジーンに挨拶をしたところ、先ほどのような楽しい流れになったのだ。

その後、私たち3人は満を持してユーリア様の部屋に籠った。

まだ日の高いうちにお風呂をいただき、パジャマに着替えてだらりと過ごす。

……ああ、いいわ。この堕落している感じがたまらないわね。

そう考えながら、出された軽食を手でつまむと、私は怠惰な時間を満喫したのだった。

「うふふふふ、ルチアーナお姉様、ユーリア様、お楽しみの時間ですわよ」

日が暮れて辺りが暗くなった頃、セリアから放映会の開催を宣言された。

今回は、私もセリアから事前に魔道具を借り、我が家の素晴らしい逸材の、素晴らしい記録映像を撮ってきたのだ。

うふふふふ、ぶっちぎりで秀逸なこと間違いないだろう、と考えながら、すぐにでも兄の映像を披露したい気持ちになる。

けれど、今夜はまず、ユーリア様が1番手とのことだった。

そのため、ユーリア様が魔道具にチョコレート色の宝石をセットすると、先ほどご挨拶をしたビオラ辺境伯兄弟が映し出された。

前回の映像とは一転して、今回の2人は部屋の一室で、ぐしゃぐしゃに投げ出されたたくさんの衣装を前に着替えているところだった。

「ジーン、本当だな？　オレらがモテないのはオレらの問題ではなく、服の問題だったのだな!?」

「もちろんです、兄上！　ご令嬢方は流行《はや》りに敏感なのです！　にもかかわらず、オレたちはいつだって流行りもすたりもない騎士服を着用していましたから、このことが敗因だったのです!!」

交わされる会話を聞きながら、そうだろうかと首を捻《ひね》る。

ユーリア様のお兄様だけあって、グレッグとジーンは整った顔立ちをしている。

そのため、この2人が煌びやかな近衛騎士団の騎士服を着ていたら、それは見栄えがすることだろう。

もしもご令嬢方がこの2人に近寄ってこないとしたら、華やか過ぎて近付きがたかったとか、そういうことではないのだろうか。

そう考えたけれど、映像の中のグレッグとジーンはキャッキャウフフと楽しそうにはしゃぎながら、個性的な貴族服を着用していた——見たこともないほどごてごてと宝石が縫い付けられた服を。

けれど、さすがに着用し終わった後、兄のグレッグは自分の格好に疑問を覚えたようで目を細める。

「……弟よ、本当にこれが、ご令嬢方が惚れ込んでくれる流行最先端の貴族服なのか？」

首を傾げ、疑いに満ちた表情でグレッグが弟に視線をやったのは、着用している服を考えたら至極当然のことだろう。

「はい、兄上、間違いありません！　王都の一等地にお店を構えるマダム・ラランのお店で、そう教えてもらいました!!」

対する弟のジーンは自信満々に答えたけれど……彼が口にしたマダム・ラランのお店は、確かに一等地に出店したものの、出店してすぐに潰れたと評判になったお店だ。あまりにダサすぎる服を提供すると悪評が立って。

「「あぁー」」

結論が見えるように思われ、顔をしかめた私とセリアの予想通り……1度、映像が途切れた後に、再び映し出された2人は並んで長椅子に腰掛け、絶望的な表情を浮かべていた。

どうやら舞踏会に出掛けた後の、タウンハウスに戻ってきた時の映像のようだ。

「……弟よ、オレは二度とお前が選んだ服を着ない」

「賢明です、兄上。オレも二度と自分で服を購入しません」

悲愴感を漂わせる2人だったけれど、……その後におまけ映像として映し出された2人の騎士服姿があまりに煌びやかだったため、そのギャップに笑いが零れる。

この2人は間違いなく優良物件なのに、見せ方を間違えているのだ。

本人たちの素材がいい分だけ、おかしくて笑いが止まらない。

「ユーリア様のお兄様方は本当に魅力的です！　それなのに、どうしてここまで間違った対応をなさるのかが不思議で、おかしくてなりませんわ」

「ええ、本当に。騎士らしく真っすぐな考えをされているので、普段から衣装にこだわっていないところが悪く出たんでしょうね」

そんな風にセリアと勝手なことを言い合いながら、私たちはしばらく笑い続けていたのだった。


次に、セリアが黒い宝石をセットすると、間違いようのない黒髪の美青年が現れた。

言わずと知れた筆頭公爵家の嫡子、ラカーシュ・フリティラリアだ。

彼は公爵家の窓辺に立ち、物憂げな様子で外を眺めていた。

その姿が見慣れたものだったため、どうやら最近のもののようだと推測する。

「まあ、ラカーシュ様は一体何を見つめているのかしら？　あの方がこれほど物憂げな表情をするなんて、ただごとではないわね」

ユーリア様がそうコメントしたので、私はむむむと考える。

「そうですよね。ラカーシュ様に困っていることがあるなんて、想像もつきませんよね。勉強が分からなくて困るはずはないし、魔術だって超一流だし、外見に悩むはずもないし……」

そうやって考えていくことで、ラカーシュに一切の欠点がないことに改めて気付く。

「まあ、ラカーシュ様は羨ましいほどの完璧人間ですね！　そうであれば、ラカーシュ様の悩みというのは、私たちにとって大したことじゃないのかも……」

けれど、言いかけた私の言葉が途切れる。

なぜならラカーシュは大きな窓を開け、そのまま外に出ていって花壇の花を見つめたのだけれど、その花が撫子だったからだ。

「…………」

無言で見つめていると、ラカーシュは手を伸ばして一輪の花を手に取った——私の髪色と全く同じ紫色の撫子の花を。

それから、ラカーシュは身をかがめてその花に唇を押し当てると、何事かを小さくつぶやく。

「…………ナ嬢」

その映像を見た途端、ベッドに座っていた私は後ろに大きく引っくり返った。

「お姉様!?」

セリアが驚いたように駆け寄ってきて、顔を覗き込んできたけれど、私の顔が真っ赤になっているのを見ると、「まあ」と嬉しそうにつぶやく。

同じく私の顔色を横目に見たユーリア様が、ぽつりと零した。

「ラカーシュ様がつぶやいたのは、ルチアーナ様のお名前だったのかしら？」

返事ができずに固まっていると、セリアが嬉しそうに続ける。

「我が公爵邸では毎日、庭師が切ってきた花を部屋に飾るんですが、お兄様は決して紫色の撫子を切ることを許可しないんです。今だって、手折りはしなかったでしょう？」

「まあ、それはまた、紫色の撫子《ダイアンサス》をとても大事にしているのね」

ユーリア様の言葉を聞いた私は、両手で顔を覆うとギブアップした。

「……分かりました。ラカーシュ様が花にまでお優しいことは理解しましたわ。きょ、今日のところはここまでで勘弁してください」

セリアとユーリア様は楽しそうに微笑むと、「もちろんですわ」と言ってくれた。

どうやら私のお友達はとっても優しいようだ。


いよいよ私の番になった。

勢い勇んでバッグから紫色の宝石を取り出したところで、あれ、私が用意した石はこんなにきらきらしていたかしら、と違和感を覚える。

けれど、それ以上の疑問を覚えることなく、私は魔道具に宝石をセットした。

すると、白壁に映像が映し出されたのだけど、それは私がこっそり記録した、趣味の悪い兄のびらびらぎらぎらの服装事情ではなく……。

「まあ、これはお姉様ですわね！　何てお可愛らしい‼」

「本当に、ルチアーナ様は昔から美少女だったのね」

「えっ⁉」

どういうわけか、白壁に映し出されたのは幼い頃の私の姿だった。

「え？　あれ？　あれれ⁇」

そのため、何がどうなっているのか分からず大きく首を傾げたけれど、映し出された映像はどんどん進んでいく。

幼い私は着ているひらひらのドレスが気に入っているようで、両手で裾を持つとくるくると回りながら、楽しそうな笑い声を上げていた。

「うふふふふふふ」

そんな少女の上に、祝福を与えるかのようにピンク色の花びらが次々と降ってきて、まるで名画の1枚であるかのように幻想的な情景を作り出す。

それは見ているだけでため息が出るような、素晴らしい映像だった。

「まあ、これは侯爵邸のお庭でしょうか。夢のように美しい場所ですわね」

「ええ、それからルチアーナ様の可愛らしいことといったら、他に類を見ないレベルだわ。まるで天使が天の国で遊んでいるようじゃないの」

3人で食い入るように見つめていると、少女は何かに気付いた様子でぱあっと笑みを浮かべた。

「あら、何かしら？」

ユーリア様の言葉につられて、3人で身を乗り出すようにして映像に見入っていると、画面の端から青紫色の髪をした子どもが現れた。

その少年の顔立ちが目に入った瞬間、3人で息を呑む。

「……まあ、こちらはサフィア様ね。まあまあ、ここまで美少年だったのね！」

「私、お兄様よりも綺麗な顔立ちの少年は存在しないと思っていたのですが、サフィア様は本当に顔が整っていますのね。とんでもない美少年ですわ」

「…………」

2人の言う通り、映像の中の兄はまだ10歳くらいだったにもかかわらず、ものすごく整った顔立ちをしていた。

既に美貌が完成されているし、今の兄らしい独特の雰囲気を身に付けている。

その兄に向かって、幼いルチアーナは駆け寄っていくと、ぎゅっと抱きしめた。

「お兄様、だーいすき！　私、大きくなったらお兄様のお嫁さんになります」

「きゃっ」

「まあ」

「えええっ!?」

セリア、ユーリア様の声に続いて、私の驚く声が響く。

目を見開いて見つめていると、どういうわけかそのシーンが何度も繰り返され始めた。

「お兄様、だーいすき！　私、大きくなったらお兄様のお嫁さんになります」

「お兄様、だーいすき！　私、大きくなったらお兄様のお嫁さんになります」

「お兄様、だーいすき！　私、大きくなったらお兄様のお嫁さんになります」

――――しかも、いろんな角度からの映像付きで。

「なななななな……!!」

「まあ、これは……複数台の魔道具を使用して、映像が記録してあったようね」

「お姉様ったら、どの角度から見ても可愛らしいです」

ことここに至って、私はようやく理解した。

兄の秘蔵映像を記録していた宝石を、その兄自身からすり替えられたことに。

「あああああ、これではない、これではないいんです!!　私がお2人に見ていただきたかったものはあああああ！！！」

私はベッドの上に突っ伏すと、苦悶の声を上げたけれど、全ては後の祭りだった。

こんな黒歴史を自らの手で披露してしまうなんて！　サフィアお兄様、絶対に許さないから!!

私はベッドに突っ伏すと、真っ赤になった顔を枕の下に隠しながら、心の中でそう誓ったのだった。

そして、翌日。

私は朝一番に侯爵邸に戻ると、一目散に兄のもとに駆け付けたのだけれど、苦情を言う前に兄から抱きしめられた。

「やあ、ルチアーナ、夜が明けたか明けないか不明なほどの早朝に、私に会いたくて帰ってきたのか。私のお嫁さんになりたいと言っていた幼い頃から変わらず、お前は私のことが大好きだな」

「おおおお、ちちちちち」

「ああ、分かっている。『お兄様、ちょっとやそっとじゃないくらい大好きです』。……ああ、伝わった」

そう言うと、兄はより強くぎゅううっと私を抱きしめた。

その瞬間、兄が纏っている爽やかなパルファンの香りがふわりと漂い、大きく口を開けていた私は思いっきりその香りを吸い込んでしまう。

そして、耳元では兄のびっくりするほどいい声が響いていた。

色々な刺激を急激に与えられ、目を白黒させている私に対して、兄は心に染み入るような声を出す。

「おかえり、ルチアーナ。私のもとに戻ってきてくれてありがとう」

色々と、それこそ山のように言いたいことがあったはずなのに、その時、私の口から出たのは短い一言だけだった。

「……お兄様、ただいま戻りました」

そして、その言葉を聞いた兄は、花が開くようにそれは綺麗に微笑んだ。

その顔を見て、私は悟る。

こんな顔をされてしまっては、苦情を言う気持ちが引っ込んでしまうわ、と。

——どうやら私が兄に勝てるのは、まだまだ先のことのようだ。

あとがき

本巻をお手に取っていただきありがとうございます！

おかげさまで、本シリーズも6巻目になりました。すごいですね!!


そして、王太子編が完結しました。

エルネストは聖獣と契約することができましたが、代わりにルチアーナの髪がばっさりと短くなってしまいました。

そのため、今巻カバーのルチアーナの髪型は、爽やか夏仕様になっています。……長い髪が好きだった方、申し訳ありません。（発刊時季が）夏なので許しください。

それから、「親友と同じ女性を好きになるわけにはいかない！」と頑張ったものの、恋に落ちてしまったエルネスト。一体どうなる!?　と思いきや、今度は海上魔術師団長が登場する波乱の展開となりました。

そして、大変なところで次巻に続きます。すみません。続きは鋭意執筆中ですので、もうしばらくお待ちください。

ちなみに、エルネストとラカーシュはルチアーナが邸を空けていることを知らないので、この間、せっせとダイアンサス侯爵邸に通っていると思います。


そんな怒濤の展開ですが、今回も宵さんが美麗イラストを描いてくれました。

今巻もカバーが素晴らしいですね！　発売が9月頭と聞いた際、「天文学的季節で考えると、発売日は夏ですよね。海と帆船とか素敵ですね！」というふわっとしたオーダーを出させていただきました。

にもかかわらず、最高の1枚が出てきました!!　ううーん、美麗過ぎてにやにやが止まりません。

宵さん、モノクロイラストまで含めた全てが美しいイラストをありがとうございます!!


そんな素敵なイラストを活用しつつ、念願のキャラクター人気投票を実施中です!!

ずっと渇望していた企画で、準備を含めて1年掛かりで実現しました。

皆さまから好きなキャラを教えてもらえる機会をいただけて、ものすごく嬉しいです。

出版社特設サイトで9月末まで実施していますので、好きなキャラがいる方はもちろん、何となく投票してみようかなという方も含めて、ぜひぜひご参加のほどよろしくお願いします！

見事1位になったキャラは、宵さんにスペシャルイラストを描き下ろしてもらい、さらにアクリルスタンドにして抽選でプレゼント!! という豪華企画付きですので!!

そんな人気投票のご参加は、こちらからお願いします!!

悪役令嬢は溺愛ルートに入りました!?
キャラクター人気投票

投票会場はこちら!

https://sqex.to/vote_akuyaku

さらに今回も、連続3回目となるコミックスとの同時発売を実施しました。

私はもちろんですが、さくまさんも「同時発売を予定しているので、遅らせるわけにはいかない!」と、ドキドキしながら原稿を頑張られたのではないかと思います（全ページにわたって美麗な絵を描かれるので、常に締め切りとの戦いではないかという私の完全なる推測です）。

そんな素敵なコミックス3巻ですが、魅了の公爵編が進行し、サフィア、ラカーシュ、ジョシュア、オーバン、ルイスとイケメンが出揃いました! イケメン一軍の美の競演です!!

ストーリーもさらに面白くなっていますので、ぜひお手に取っていただければと思います。

なお、同時発売記念として、コミックスにＳＳを書き下ろしました。

同様に、ノベルにもさくまさんの漫画が掲載されています。どちらもお楽しみいただければ嬉しいです。


最後になりましたが、ここまで読んでいただきありがとうございます。

本作品が形になることにご尽力いただいた皆さま、読んでいただいた皆さま、どうもありがとうございます。

おかげさまで、今巻も多くの方に読んでいただきたいと思える素晴らしい1冊になりました。

どうか楽しんでいただけますように！

溺愛ルート6
発売おめでとうございます!!
描かせていただき
ありがとうございました!

自由イラスト
でお兄様
練習。

海上魔術師団《かいじょうまじゅつしだん》パーティー前日《ぜんじつ》
ルチアーナ嬢《じょう》！いらっしゃい！
ウィステリア邸《てい》
コミカライズ担当《たんとう》:さくまれん
ぎゅっ
今日《きょう》もかわいいね！
ルイス様《さま》
おや
さらに素敵《すてき》になられましたね
似合ってますよ
かわいい♪
オーバン様《さま》
突然《とつぜん》お邪魔《じゃま》したのに出迎《でむか》えていただけるなんて
当《あ》たり前《まえ》だよ
僕、早引きしちゃったよ

ルチアーナ嬢《じょう》
ここでは何《なに》も気《き》にせず
ゆっくりしていくといい
ぽん ぽん
きゃっ
さっきまで奇天烈《きてれつ》な空間《くうかん》にいたのが嘘《うそ》みたいだわ
間違《まちが》いなくゆったり過《す》ごせるわね
バンッ
ルチアーナ嬢《じょう》
ゆらっ…
就寝《しゅうしん》の時間《じかん》です
まだ20時《じ》ですよ？

あなたがよく眠《ねむ》れるようにと安眠《あんみん》グッズを持《も》ってきました！
え
ばばっ
オーバンは客人《きゃくじん》の早寝《はやね》を手伝《てつだ》うことが使命《しめい》でね…
ロングスリーパーだから・・・
え？
ちょっと！お節介《せっかい》世話焼《せわや》き！
兄上と違ってまだ寝ないし話してるでしょ!!
STOP!
シルクキャップ…
特別《とくべつ》なお客様《きゃくさま》だ当然《とうぜん》だろう！
美容《びよう》と健康《けんこう》には早寝《はやね》が必要不可欠《ひつようふかけつ》！
ルイスはご令嬢《れいじょう》の健康《けんこう》を願《ねが》えないのか？
ぐう…
ルチアーナ嬢のため
睡眠奉行《シンデレラタイム》

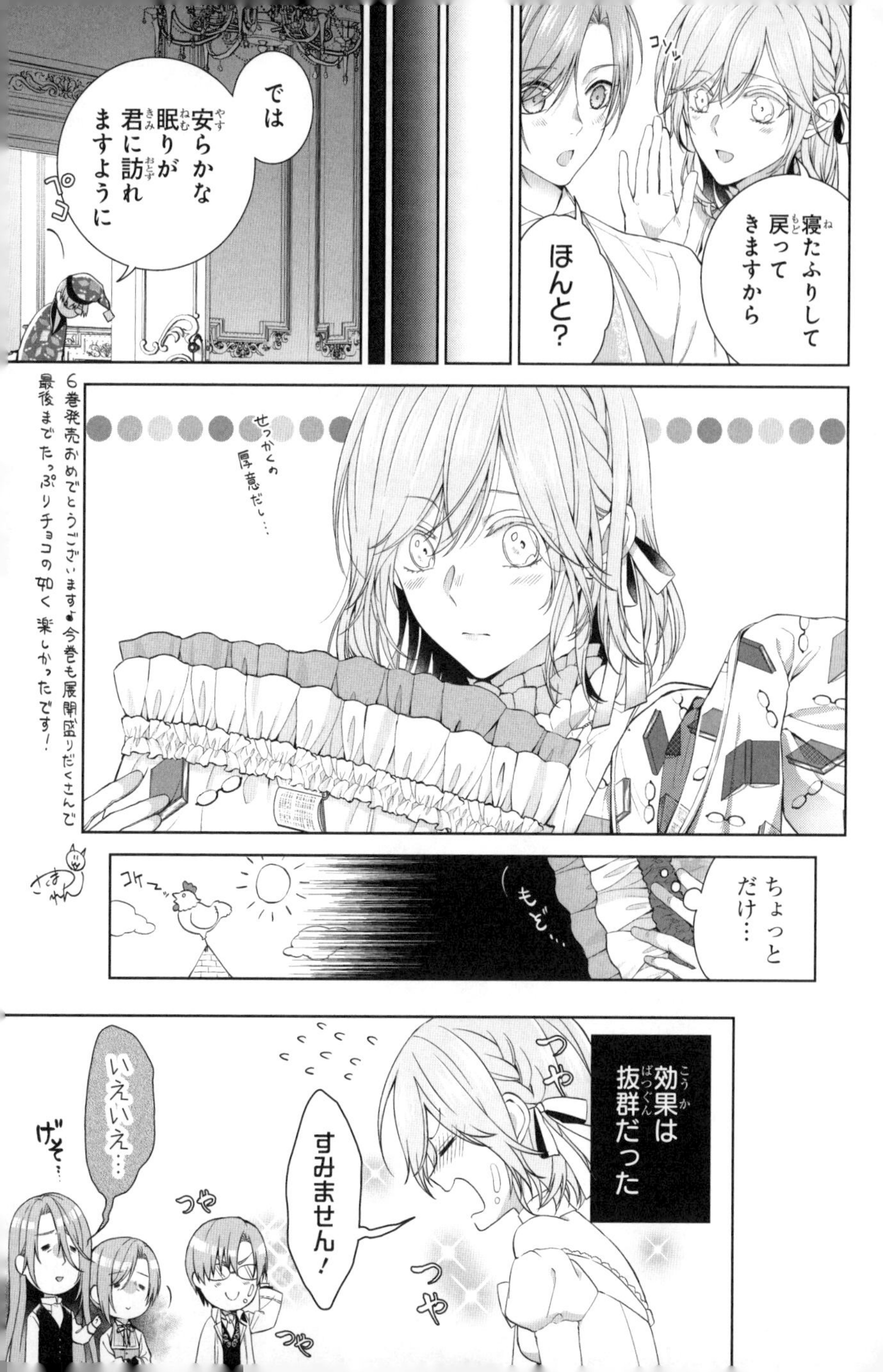

コソッ
寝《ね》たふりして戻《もど》ってきますから
ほんと？
では安《やす》らかな眠《ねむ》りが君《きみ》に訪《おとず》れますように
ペコ
せっかくの厚意だし…
ちょっとだけ…
もど…
コケーッ
効果《こうか》は抜群《ばつぐん》だった
つや
すみません！
つや
いえいえ…
げそ…
つや
つや
6巻発売おめでとうございます♪今巻も展開盛りだくさんで最後までたっぷりチョコの如く楽しかったです！

ようこそ、魅了の公爵家の晩餐会へ
単行本《コミックス》第③巻大好評発売中!!
マンガUP!にて連載中!!
悪役令嬢は溺愛ルートに入りました!?
①～③
原作●十夜・宵マチ
漫画●さくまれん
シリーズ累計55万部突破!

今回も原作
ノベル第⑥巻と

同時発売コラボ企画開催♡

その1！ 単行本第③巻に十夜先生の書き下ろしSS収録！
サフィア×ルチアーナの甘々エピソード♡

その2！ 第③巻ではウィステリア公爵家のお兄様たちの
㊙キャラプロフ公開！

その3！ 特大美麗ポスターを全国フェア参加店の一部に掲出中！
儚くもセクシーに誘うルイスがお待ちしております。

晩餐会で、イケメン一軍の皆様に次々とアプローチされて…!?

乙女ゲームの悪役令嬢に転生したルチアーナ。今度は『魅了』の魔術に掛けられて、兄・サフィアとともに、王国で唯一『魅了』を行使できるウィステリア公爵家の晩餐会に参加することに。断罪回避のため恋愛攻略対象には近付かないと心に誓ったのに、豪華絢爛な晩餐会には、ウィステリア公爵家の三兄弟から筆頭公爵家のラカーシュまで、イケメン一軍が勢ぞろい！　麗しい三兄弟に全力で助力を申し出られ、さらに、ラカーシュには「ルイス殿と口付けをしていたというのは本当だろうか?」と嫉妬されて——!?　ちょっと、皆さん、距離が近いですよ…!?　元喪女には刺激が強すぎます…！

誤解された
『身代わりの魔女』は、
国王から最初の恋と
最後の恋を捧げられる
The self-sacrificing witch is misunderstood
by the king and is given his first and last love.

STORY

ルピアは世界でたった一人の魔女だ。そのため、『相手の怪我や病気をその身に引き受ける』魔法が使えるが、そのことは秘密。

初恋相手であるフェリクス王と結婚することになったルピアは、彼のことを一途に想い、そんな彼女にフェリクスも魅かれていく。しかし、ある誤解から、フェリクスは彼女が裏切ったと思い、冷たく当たってしまう。

ルピアはそんな彼の命を救い、身代わりとなって深い眠りについた――。

その日から始まる長い長い片想いで、息も絶え絶えになった夫が、これでもかと妻を溺愛する物語。

「ルピア、君が私への思いを忘れても、私はずっと君を愛するし、必ず君を取り戻すから」

十夜先生、新シリーズ!!!
誤解のち激重溺愛!!
「誤解された
『身代わりの魔女』は、
国王から最初の恋と
最後の恋を捧げられる①～②」
大好評
発売中
♡
著◆十 夜
絵◆喜久田ゆい

SQEX ノベル

悪役令嬢は溺愛ルートに入りました!? 6

著者
十夜
イラストレーター
宵マチ

2023年 9 月7日　初版発行
2023年10月3日　2刷発行

発行人
松浦克義
発行所
株式会社スクウェア・エニックス
〒160－8430
東京都新宿区新宿6－27－30　新宿イーストサイドスクエア
（お問い合わせ）スクウェア・エニックス　サポートセンター
https://sqex.to/PUB

印刷所
図書印刷株式会社
担当編集
大友摩希子
装幀
小沼早苗（Gibbon）

この作品はフィクションです。
実在の人物・団体・事件などには、いっさい関係ありません。

ISBN978-4-7575-8777-9 C0093　Printed in Japan